GW00504278

# La double vie d'Anna Song

Minh
# TRAN HUY

# La double vie d'Anna Song

ROMAN

© Actes Sud, 2009

*Pour ma famille.*

*En souvenir de François Dufay, qui m'avait aidée à croire en ce livre.*

*Ton ombre qui s'étend sur moi,*
*je voudrais en faire un jardin.*

Paul ÉLUARD

*Vivre, c'est s'obstiner à achever un souvenir.*

René CHAR

## ANNA SONG, UNE VIE EN POINT D'ORGUE

Par Alexis Cambrel, *Classique magazine*,
le 16 juin 2008

*« La vie, c'est passer son temps à se préparer pour quelque chose qui n'arrive jamais », a écrit Yeats. Une phrase qui illustre à la perfection le destin de la pianiste Anna Song, décédée il y a six jours à son domicile, à l'âge de quarante-neuf ans. Après avoir voué chaque minute de son existence à servir Bach, Beethoven, Schubert, Liszt, Chopin, Rachmaninov, Debussy, Ravel, Messiaen, elle a succombé à un cancer des ovaires qui l'avait déjà forcée à quitter la scène en 1992. Son départ n'avait guère fait de bruit alors, car celle que de rares connaisseurs désignaient, à la fin de sa vie, comme « la plus grande pianiste vivante dont personne n'a jamais entendu parler » était, et est longtemps restée, une inconnue tant pour le grand public que pour les mélomanes avertis.*

*Elle avait pourtant été un* Wunderkind, *un jeune prodige dont la précocité laissait présager une carrière des plus enviables. Née de parents vietnamiens émigrés en France, puis aux États-Unis, elle a très vite révélé des dispositions exceptionnelles pour le piano. À trois ans, douée de l'oreille absolue, elle prenait ses premières leçons auprès de sa mère, musicienne amateur passionnée ; à cinq, elle jouait des morceaux simples tout en en improvisant d'autres de son cru ; à dix, elle donnait son premier concert, poussée par des parents convaincus qu'à force de travail et d'efforts, on l'inviterait un jour à se produire dans les plus grandes salles du monde.*

*Plusieurs prestations de premier ordre aux concours Reine-Elisabeth et Van-Cliburn, entre autres, avaient fait remarquer la jeune artiste, et elle se préparait à intégrer la Juilliard School, lorsqu'elle a soudain été affectée d'une paralysie de l'annulaire et de l'auriculaire de sa main droite. Les médecins se sont révélés incapables d'en déterminer la cause, et lui ont imposé de cesser toute pratique de son instrument dans l'attente d'examens plus approfondis. Après plusieurs années passées à subir des diagnostics erronés et des traitements inadéquats, Anna Song a fini par guérir. Cependant, durement éprouvée par ce coup d'arrêt, elle a décidé de changer sa façon de travailler, tournant le dos aux institutions, qui ne lui avaient témoigné aucun soutien lors de la période d'incertitude qu'elle venait de traverser (elle avait été renvoyée de la Juilliard), pour étudier en privé auprès de maîtres qu'elle admirait. D'abord suivie par Marianne Meursault, la sœur du compositeur, puis par Alexander Frisch, un musicien d'origine russe émigré aux*

*États-Unis, qui avait été l'élève du légendaire maître italien Silvio Vasani, elle a joué avec des chefs d'orchestre tels que Luigi Fiorentino, Henry Dern, Marc Dent, Alfred Ronzon. Elle a enregistré quelques pièces, dont la* Suite bergamasque *et les* Estampes *de Debussy, mais sans rencontrer beaucoup de succès, aucun critique ou presque n'ayant fait de recension de ces disques dont il ne reste pas trace aujourd'hui. C'était sans doute le prix à payer pour s'être radicalement coupée des réseaux traditionnels...*

*La trajectoire d'Anna Song était tout à fait honorable, bien que peu remarquée, lorsque se sont manifestés les premiers symptômes du cancer qui devait l'emporter – elle avait juste trente ans. Le secret a longtemps été gardé par celui qui était devenu son mari, ainsi que son conseiller et manager, Paul Desroches, producteur de disques et propriétaire de Piano solo, label qu'il avait créé peu de temps avant sa rencontre avec sa femme afin de donner un nouveau souffle à des musiciens négligés par les grosses maisons. Les deux époux s'étaient entendus pour ne rien dire de l'état de santé d'Anna Song, croyant en une possible rémission qui n'est jamais intervenue. Forcée d'annuler à la dernière minute plusieurs récitals tant la douleur était devenue difficile à supporter, Anna Song s'est résignée à rendre publique la maladie qui la rongeait. Et a abandonné la scène non sans que son ultime apparition publique à la salle Gaveau, à Paris, alors qu'elle sortait d'intensives séances de chimiothérapie, ait été saluée par le commentaire extraordinairement indélicat d'un critique de*

Musika, *Armand Denisof : « Avoir l'air en si mauvaise santé sous les projecteurs tient, à ce stade, de la provocation. »*

*Interrompue alors qu'elle était déjà sur le déclin, la carrière d'Anna Song, qui avait oscillé entre ombre et lumière pendant tout le temps qu'elle avait duré, a semblé basculer pour toujours dans l'ombre. En dépit des promesses de gloire qui la suivaient depuis le berceau, elle n'avait pas réussi à percer. Elle s'est donc réfugiée dans le silence, retournant définitivement en France pour s'installer avec son compagnon dans un domaine situé à quarante kilomètres de Paris – un manoir entouré d'un parc, dissimulé par une forêt de bouleaux, où elle n'a plus pratiqué le piano que pour elle, son époux, et leurs rares visiteurs. Elle a passé plus de quinze ans entre les murs de ce domaine, se contentant de sortir une fois par semaine pour suivre ses traitements à l'hôpital.*

*Forcée de subir jusqu'à cinq opérations à quelques mois d'intervalle, allant de sursis en sursis, elle a néanmoins décidé, alors que la maladie gagnait un peu plus de terrain chaque jour, de se lancer dans un projet titanesque : enregistrer pour Piano solo des pièces dont le répertoire s'étendrait des* Inventions à deux voix *de Bach aux* Vingt regards sur l'Enfant Jésus *de Messiaen… Elle a consacré toute son énergie à cette entreprise, avec le soutien moral et technique de Paul Desroches. Piano solo possédant son propre studio d'enregistrement, installé au cœur même de la propriété où elle résidait, Anna Song pouvait y accéder dès qu'elle en avait le désir, ou plutôt la possibilité.*

*Elle avait enregistré près de quarante disques lorsque son mari a décidé d'en envoyer quelques-uns à des musiciens et des journalistes, accompagnés d'un simple mot : « Dites-moi ce que vous en pensez. » Ce n'est qu'alors, après presque un demi-siècle d'attente et de persévérance, que des critiques enthousiastes se sont mises à fleurir dans quelques magazines spécialisés : « Anna Song n'est pas qu'une pianiste dont l'imaginaire musical et l'époustouflante technique se recoupent à la perfection, l'une servant l'autre sur mesure, si l'on peut dire. C'est un phénomène, une artiste aussi virtuose que polyvalente, une interprète-caméléon capable d'adapter son jeu au style de chaque compositeur de telle sorte qu'en sont révélées des facettes jusque-là inconnues, y compris lorsqu'il s'agit du répertoire le plus familier » (Jean-Paul Masséna,* Des mots et des notes*). « Loin de voler la vedette aux compositeurs comme le font bien des techniciens surdoués, elle s'efface pour leur laisser toute la place ; jamais sa personnalité ne s'impose, jamais elle ne fait intrusion » (Mark Kopanowski,* Gramophone magazine*). « Le mélange de tristesse et d'éclat dont sont empreintes ses valses de Chopin, la puissante fluidité de ses sonates de Mozart font apparaître une dimension subtilement nouvelle, et proprement ineffable, dans ces morceaux maintes fois écoutés. Chacune de ses interprétations montre cette sensibilité, cette pénétration unique et inexplicable, relevant de ce qu'on appelle, faute de mieux, le génie » (Julien Sembet,* Le Monde de la musique*).*

*Anna Song a peu à peu constitué une discographie impressionnante, sans que personne le soupçonne à part des amateurs éclairés, le label de Paul Desroches ayant des capacités de distribution réduites, et une « force de frappe » nulle. Quelques milliers d'exemplaires à peine ont été mis en circulation. Un jour, sans doute, ils seront l'objet de quêtes fiévreuses et de marchandages extravagants ; quant aux morceaux proprement dits, grâce aux nouvelles technologies, tout un chacun aura le loisir de les télécharger et d'offrir une gloire posthume à cette interprète magnifique et trop longtemps méconnue.*

*En mourant, Anna Song lègue à la postérité 102 CD comprenant entre autres l'intégralité de l'œuvre pour piano de Bach, Haydn, Mozart, Beethoven, Schubert, Ravel ; les 9 sonates de Prokofiev ; presque tout Chopin ; les œuvres majeures de Liszt et Debussy ; tous les concertos de Brahms, Saint-Saëns et Rachmaninov ; les 54 études de Leopold Godowsky d'après Chopin, considérées comme les pièces les plus difficiles jamais écrites pour le piano. Seul Artur Rubinstein avec ses 94 CD peut éventuellement tenir la comparaison. Cependant il a gravé de nombreuses œuvres plusieurs fois et étendu ce travail sur toute une vie – rien de tel pour les disques d'Anna Song, qu'elle a en outre produits alors qu'elle était gravement malade et arrivée à un moment où certains se seraient contentés de goûter une paisible retraite tout en délivrant avec plus ou moins de modestie leur savoir aux jeunes générations.*

*La modestie était d'ailleurs le trait le plus frappant de la personnalité de cette grande dame, dans la vie comme dans son approche de la musique. Elle a eu la force de lutter près de deux décennies contre une maladie qui aurait dû la foudroyer, et de s'obstiner, sans jamais céder à la facilité ou au découragement, dans une voie qui semblait sans issue ; et, dans le même temps, cette force s'est accompagnée d'une totale absence d'ego et de vanité. Rien n'avait plus d'importance pour elle que de servir au mieux les compositeurs qu'elle révérait. « Nous autres interprètes, a-t-elle fait observer dans une de ses rares interviews, que sommes-nous sinon d'humbles courroies de transmission ? Quand quelqu'un vous dit : "Quel merveilleux morceau !" c'est là le vrai compliment. Notre tâche consiste à donner à ressentir l'essence spirituelle de l'existence telle qu'elle s'incarne dans une harmonie ou un contrepoint. Rien ne nous appartient. Se souvenir de Bach, de Mozart, de Liszt, oui, c'est important, et même fondamental. Mais se souvenir de moi... A quoi bon ? À la fin, seule la musique survivra. »*

*Anna Song n'est plus. Elle n'avait conservé aucun article, aucune coupure de presse la concernant. Seul comptait pour elle d'avoir réussi à enregistrer, quelques semaines plus tôt et dans un fauteuil roulant, un morceau de Chopin dont le titre sonne désormais comme un présage :* La Valse de l'adieu.

J'ai lu ce matin le premier article de fond sur la mort d'Anna. Il est allé rejoindre les autres, découpés et collés par mes soins dans le grand carnet de moleskine. Le journaliste avait raison de dire qu'elle n'avait conservé aucune revue de presse. Il oubliait seulement de préciser que je m'en étais chargé – à l'insu d'Anna, il est vrai. C'était mon rituel matinal : je passais au crible les rubriques culturelles et musicales des quotidiens, des hebdomadaires, des mensuels, et épluchais avec minutie, en quête de son nom, les magazines spécialisés et les sites Web. Je l'y trouvais de plus en plus fréquemment, les dernières années. Les derniers mois. La rumeur entourant les disques était extrêmement flatteuse, et puis les gens ont toujours aimé les histoires d'artistes maudits. Les uns après les autres, les journalistes se faisaient un devoir d'accourir pour crier au génie, demander des interviews, sortir Anna de l'oubli. Ils voulaient lui rendre justice, disaient-ils, il était temps de révéler au monde quelle fabuleuse artiste il avait manquée : jamais Anna n'aurait dû être négligée comme elle l'avait été. J'étais bien d'accord, et pour en témoigner acquiesçais avec vigueur à leurs propos, répondais aux moindres questions, expliquant qu'Anna était trop malade pour recevoir qui que ce soit, mais qu'importait, j'étais là, j'avais toujours été là, et on pouvait compter sur moi pour fournir tous les renseignements possibles et imaginables sur elle, sa vie, son œuvre, ses projets passés et à venir.

À la longue, j'ai fini par réunir assez d'articles et de reportages pour constituer un petit album à la gloire d'Anna. Je caressais la couverture avec une fierté telle qu'elle en devenait absurde ; après tout, ce n'était pas moi, mais bien elle, qu'on célébrait à coups de tonitruants dithyrambes... En feuilletant le carnet, on voyait les quarts de page succéder aux notules, les demi-pages aux quarts de page, les pleines pages aux demi-pages. Ici et là, une photo d'elle, toujours la même, sous différents formats. Un portrait en noir et blanc des plus hollywoodiens : visage sculpté dans la lumière, cheveux lissés en un chignon d'où s'échappaient quelques mèches artistement bouclées, Anna souriait, le regard filtré par de longs cils qui jetaient une ombre charbonneuse sur ses yeux déjà si sombres, si noirs, aussi impénétrables qu'une flaque de tourbe. L'éclairage et la pose faisaient ressortir sa beauté de manière presque théâtrale, le nez droit, les traits réguliers, les pommettes hautes, le front délicatement bombé. Les broderies de jais de sa robe contrastaient heureusement avec sa peau pâle.

Le cliché était à l'origine destiné à une brochure annonçant un concert qui n'eut jamais lieu. J'étais content que, vingt ans après, il trouve enfin une utilité.

J'ai offert ma petite compilation à Anna un jour où nous revenions de l'hôpital, pensant que cela pouvait l'égayer. À demi allongée sur le lit, appuyée sur deux coussins de velours qui semblaient sur le point de l'engloutir tant elle était frêle, elle avait déchiré le papier cadeau, ouvert l'album, tourné quelques pages, et parcouru les appréciations unanimes suscitées par sa musique. Au bout d'un moment, elle avait secoué la tête, et refermé le carnet que j'avais si patiemment constitué avant de me le rendre. « Ça n'a plus tellement de sens, tu sais. » Et, dans un geste de consolation, sa main a caressé ma joue, tandis qu'elle me souriait avec ce calme que je lui avais toujours vu – l'impassibilité d'un lac qu'aucune tempête ne peut troubler. Je me suis assis, j'ai souri à mon tour, le cœur serré, en gardant sa main dans la mienne.

Elle avait raison : il était trop tard, et toute cette agitation était vaine. À force de collecter ces pages de papier glacé, je m'étais laissé aller à croire au mythe qui s'en dégageait, et j'avais pensé offrir enfin à Anna la reconnaissance pour laquelle elle avait lutté toute sa vie. Or Anna n'en était plus là, et depuis longtemps. Les incessants allers-retours entre la maison et l'hôpital minaient ses forces, érodaient sa résistance physique et morale. Elle était fatiguée, toujours plus fatiguée, et je sentais venir – même si je ne voulais pas l'admettre – le jour où elle refuserait de se lever pour subir un nouvel examen, un nouveau traitement. Où il ne lui resterait plus, entre deux pics de douleur, que des souvenirs pour continuer ou plutôt finir de vivre. Comme moi aujourd'hui.

J'avais huit ans lorsque nous nous sommes rencontrés. Ma grand-mère m'avait recueilli après qu'un accident de voiture sur une route de Normandie avait fait de moi un orphelin rêvant à répétition non pas de coups de klaxon, de freins crissant dans l'obscurité, de corps broyés dans un fracas de tôle froissée, mais d'un véhicule s'éloignant silencieusement sur le lacet de la route tandis que je restais en arrière à l'observer, le front appuyé contre une vitre impossible à briser. Dans la réalité aussi, je passais des heures et des heures à la fenêtre de la chambre – devenue la mienne – d'où j'avais vu partir mes parents le soir où ils m'avaient déposé chez ma grand-mère. Ce n'était que pour deux jours : ils avaient le projet d'une escapade dans un village situé à une centaine de kilomètres de là, une randonnée qu'ils voulaient faire depuis longtemps, mais qui était trop longue, trop difficile pour un enfant comme moi. Je leur en avais voulu de m'abandonner comme un paquet encombrant, et avais donc fait semblant, en signe de bouderie, de m'endormir à table, ce qui m'évitait d'avoir à leur dire au revoir. Mon stratagème échoua. Sans se douter de quoi que ce soit, mon père m'avait porté dans mon lit, ma mère m'avait bordé puis embrassé, ils avaient refermé la porte avec précaution, baissé leurs voix jusqu'au murmure afin de ne pas m'éveiller, et puis ils m'avaient quitté. Sitôt que j'avais entendu le moteur démarrer, et malgré ma résolution de n'y prêter aucune attention, je m'étais levé. J'avais écarté le rideau, et suivi du regard la lueur des phares jusqu'à ce qu'elle eût tout à fait disparu ; un trait, un point, puis plus rien – à part la nuit.

Le jour suivant, ma grand-mère m'annonçait d'une voix atone que je ne reverrais jamais ni la voiture, ni mes parents. J'ai grimpé quatre à quatre les escaliers et gagné la fenêtre contre laquelle je m'étais appuyé si peu de temps auparavant. Immobile, regardant sans le voir le paysage devant moi, je me suis repassé les images de notre dernière soirée ensemble. J'avais peine à croire que j'avais préféré feindre le sommeil au lieu de dire à mon père et ma mère que je les aimais et qu'ils me manqueraient, ces mots tout simples qu'on lâche sans réfléchir, quand bien même ils sont sincères, et dont l'absence me paraissait irréparable à cette heure, parce que je n'aurais plus, désormais, l'occasion de les prononcer, ni eux de les entendre. Ces pensées m'ont fait monter les larmes aux yeux et j'ai pleuré en silence dans la pénombre de la pièce tandis qu'un soleil impitoyable éclairait le dehors – le ciel était d'un bleu pur, sans un nuage, et l'astre dégouttait de lumière. Ma grand-mère s'est assise près de moi, et n'a pas tenté de nouer un quelconque dialogue ; elle a senti qu'aucune parole ne pouvait me consoler, et m'a laissé m'appuyer contre elle tout en entourant mes épaules de son bras. Tout l'après-midi elle est restée avec moi à contempler la route, comme si à force de nous concentrer sur elle nous étions assurés d'en voir surgir quelque chose ou quelqu'un – eux, peut-être, venus démentir en personne la rumeur de leur disparition. Ce n'est qu'à la nuit tombée que je me suis endormi, vaincu par la fatigue et le chagrin. Ma grand-mère m'a mis au lit, avec les mêmes gestes, la même tendresse que sa fille avait eus pour moi vingt-quatre heures plus tôt.

Les semaines et les mois qui ont suivi, elle m'a souvent surpris près de la fenêtre. Je gardais l'espoir obstiné de voir un jour déboucher dans l'allée la petite décapotable bleu ciel de mes parents, mon père faisant en gentleman le tour de la voiture pour ouvrir la portière à ma mère dont les cheveux blonds et bouclés formaient comme une auréole, une brume d'or flottant autour d'elle, encadrant son visage, coulant sur sa nuque et ses épaules – une créature gracieuse et gracile, irréelle presque, comme le sont toujours les mères qu'on a perdues trop jeune. Mon père, quant à lui, affichait une allure nettement moins éthérée : épaules larges et regard vif, le rire crépitant comme un feu de cheminée, la tempe marquée d'une cicatrice – souvenir d'une mauvaise chute –, il dégageait une force empreinte de sérénité. Leur couple était magnifique : une image de magazine. Une image qui n'attendait que moi. Bientôt, me disais-je, ils m'appelleraient et je dévalerais les escaliers afin de me jeter dans leurs bras. Il n'y aurait jamais eu de cimetière, d'habits noirs, de discours entrecoupés de larmes et de connaissances venant me caresser la tête comme si j'étais un chat égaré... Seulement mes parents ne m'appelaient pas. Le film s'arrêtait juste avant. Net. Je pouvais le rembobiner à loisir, il n'allait pas plus loin.

Plutôt que de me chasser de mon poste de guet, ma grand-mère préférait me rejoindre. De sa voix grave et patiente, elle distillait ses souvenirs et me parlait longuement de mes parents, de l'amour qu'ils s'étaient porté, de l'amour qu'ils m'avaient porté. Comment ils s'étaient connus, par des amis d'amis, dans une file d'attente pour aller voir un film japonais. Le jour où ma mère avait présenté mon père, son air indifférent que démentaient ses yeux baissés. Les mots tendres, inscrits sur des cartes, qu'il lui faisait parvenir par la poste alors qu'ils se voyaient tous les jours. Leur mariage dans un manoir de Normandie. Ma naissance difficile, qui avait nécessité toute une journée d'efforts. Mon prénom, donné en hommage à un écrivain dont ils aimaient les poèmes... Les anecdotes se succédaient, toujours plus nombreuses, toujours plus riches en détails tendres et pittoresques. Encore aujourd'hui j'ignore dans quelles proportions ma grand-mère a mêlé l'imaginaire à l'authentique pour composer la légende de mes parents. Mais une chose est sûre, rien ne comptait plus pour elle que de me faire sentir que les liens entre eux et moi continuaient de subsister en dépit de leur disparition. Nous ne pouvions plus nous toucher ni nous parler, mais ils continuaient à *être* en moi : j'étais le prolongement de leur histoire. Et, si leur souvenir était mon seul appui pour tout le temps qu'il me restait sur cette terre, mon existence même était comme une deuxième chance, une façon de témoigner qu'ils avaient été. Cette idée m'apaisait. J'abandonnais la fenêtre et mes chimères. Pas pour longtemps – leur mort, à cette époque, faisait partie intégrante de ma vie.

Il n'était pas rare alors que je me réveille en pleine nuit. Sans faire de cauchemar à proprement parler, j'étais incapable de me reposer plus de quelques heures de suite : j'ouvrais les yeux dans un sursaut, le ventre noué par un étrange pressentiment, me levais, traversais la pièce et empruntais le couloir menant à la chambre de ma grand-mère. Je tâtonnais dans le noir, m'efforçant de deviner le contour des choses afin de me frayer le plus discrètement possible un chemin jusqu'à elle. Aujourd'hui que mes parents n'étaient plus, il ne me restait qu'elle et j'avais la crainte obscure que son cœur cessât de battre dans son sommeil. C'était une vieille dame, après tout. Si la mort avait déjà réussi à faucher deux grandes personnes, pourquoi aurait-elle épargné celle qui, selon la logique des choses, aurait dû me quitter bien avant eux ?

Aussi avais-je pris l'habitude de me pencher sur son lit, et de passer ma main juste au-dessus de son visage afin de vérifier qu'elle respirait. Sentir son souffle sur mes doigts crispés me soulageait d'une inexprimable angoisse. J'étais tenté de me glisser dans la couche chaude, et de sentir ses bras autour de moi : c'eût été l'abri le plus sûr, j'en avais la conviction, contre les cruautés de ce monde. Je ne l'ai jamais fait. Ainsi, me semblait-il, ma grand-mère conserverait pour elle la force que je lui aurais prise si je m'étais laissé aller. Une fois assuré qu'elle se portait bien, je me contentais donc de retourner dans ma chambre où je dormais d'une traite jusqu'au matin.

Nous habitions une ancienne ferme réaménagée, avec une dépendance refaite à neuf pour loger d'éventuels invités (qui ne venaient jamais). Le carillon de l'église voisine sonnait les heures, rythmant de longues et lentes journées que ma grand-mère remplissait sans mal d'occupations diverses : cuisine, courses, ménage, couture, et puis moi, bien sûr, qu'elle faisait se lever et se coucher, habillait, nourrissait, caressait, grondait, encourageait à faire ses devoirs ou poussait dans le jardin afin que je l'aide à prendre soin de son potager. Elle avait mis à profit le terrain : des rangées de cassis et de framboisiers colonisaient la bande de terre bordant la clôture, et différentes variétés de tomates (dont mes préférées, la « Cœur de bœuf » aux formes boursouflées et la « Noire de Crimée » qui m'évoquait des falaises plongeant dans la mer, des monastères perchés ici et là, une riviera de montagnes grignotées de verdure) avaient été plantées près de la terrasse. J'aimais à les passer en revue, longuement; de même que les massifs qui produisaient toutes sortes de fleurs, des roses délicates, purement décoratives, aux délicieuses capucines à la saveur poivrée ; disposées avec art sur les plats de ma grand-mère, elles leur donnaient une touche de couleur, une note vive comme un feu follet. Au centre du jardin, un pommier et un cerisier fournissaient de quoi confectionner des tartes et des confitures dont je reniflais avec délices, l'été venu, l'odeur riche, acidulée, de sucre fondu et de fruits cuits.

Le matin, la lumière du jour me parvenait de concert avec le parfum dont usait ma grand-mère, une senteur de jasmin restée associée pour moi à l'image d'une vieille dame aux manières exquises et aux yeux clairs comme l'eau, avec de beaux cheveux neigeux, ramenés en un chignon sur lequel elle agrafait une barrette de jade. Cette barrette était un cadeau, et son unique coquetterie – elle ne portait jamais de bijoux, à part son alliance. Elle ne lui venait ni de ma mère, ni de mon grand-père, mort avant ma naissance, mais d'une voisine, Mme Thi, une vieille dame vietnamienne qui bredouillait tout juste quelques mots de français. Mais cela ne l'empêchait pas d'échanger avec ma grand-mère, chaque fois qu'elle la croisait, sourires, hochements de tête et... bons petits plats.

Ma grand-mère avait un jour offert un pot de gelée de pomme à Mme Thi. Après force remerciements, celle-ci lui rendit dès le lendemain la politesse en lui faisant don d'une assiette de pâtés impériaux enveloppés de papier d'aluminium, accompagnés de salade, de menthe et d'un flacon de nuoc-mam. Elle mima la façon dont on enveloppe les petits rouleaux croustillants dans la menthe et la salade avant de les tremper dans la sauce de poisson, ma grand-mère s'en régala, et les deux femmes n'eurent de cesse dès lors qu'elles ne se témoignent leur sympathie à coups de nourritures variées – petits gâteaux et terrines maison pour l'une, porc au caramel et galettes de crevettes pour l'autre – et de menus cadeaux, telle cette barrette de jade ciselé en forme de lotus qui ornait le chignon de ma grand-mère, et dont Mme Thi – qui se coiffait de la même façon – portait elle-même de ravissantes déclinaisons, incrustées de nacre, de jais ou d'or mat. Touchée, ma grand-mère remit en retour à Mme Thi un carré de soie ; elle avait remarqué que cette dernière portait chaque jour autour du cou un foulard d'une couleur automnale – brun, mordoré, crème, prune – quels que soient le temps et la saison. Ayant grandi dans un petit village du Nord-Viêtnam où les températures atteignaient sans peine les quarante degrés l'été, elle ne s'était jamais habituée au climat français, redoutant avec une terreur irraisonnée d'attraper froid et de mourir de pneumonie. Elle collectionnait donc les écharpes, châles, étoles taillées dans toutes sortes d'étoffes, mais toujours dans les mêmes tons.

Mme Thi ne vivait pas seule, mais avec son fils, sa bru, et sa petite-fille. Le fils et la bru s'étaient les premiers installés en France, fuyant un Viêtnam transformé par les années de guerre en un pays de feu et de cendre, où l'avenir prenait de plus en plus l'allure d'une voie sans issue, voire d'un aller sans retour pour le néant (ou l'enfer, selon les points de vue). Ils avaient fait leurs études à Paris, où ils s'étaient rencontrés et mariés, et depuis travaillaient avec acharnement afin de regagner un peu de ce qu'ils avaient perdu – un foyer, une famille, une forme de foi dans le monde tel qu'il va, aussi. Le père, un ingénieur, ne comptait pas ses heures, de même que sa femme, une chercheuse en chimie, si bien que leur fille restait le plus souvent avec sa grand-mère, qui prenait soin d'elle comme ma grand-mère prenait soin de moi.

À l'approche de la rentrée scolaire, ma grand-mère, qui m'estimait suffisamment perturbé par la mort de mes parents, a voulu faciliter mon intégration dans une nouvelle école et une nouvelle classe en me présentant la petite-fille de Mme Thi ; celle-ci avait mon âge et pourrait me guider au sein de l'établissement, qu'elle fréquentait depuis deux ans. Ma grand-mère espérait qu'en me liant dès à présent avec cette future camarade, je n'aurais pas à affronter l'isolement que tout dernier venu connaît lorsque les groupes et les amitiés se sont déjà formés. Elle m'a ainsi proposé, un bel après-midi du mois d'août, d'aller rendre visite à Mme Thi et à sa petite-fille tout juste revenues de vacances, avec au bras un panier garni de confitures et de cerises du jardin. « Tu verras, elle est très gentille, et très bien élevée. Je suis sûre que tu n'auras aucun mal à t'entendre avec elle : vous avez le même genre de caractère, réservé sans être timide. »

C'est avec un enthousiasme modéré que j'ai donné la main à ma grand-mère en vue de la promenade qui devait nous mener jusqu'à la maison de son amie, située à quelques rues de là. Je m'étais habitué à la routine de mon existence, à mes nuits intranquilles, au souvenir de mes parents m'enveloppant tout le jour comme un cocon tandis que j'allais de la fenêtre au jardin, et du jardin à la fenêtre. Le temps s'était arrêté depuis leur disparition et je ne voyais que des inconvénients à sa remise en marche. Mes fantômes me suffisaient ; je n'avais pas envie de faire de nouvelles rencontres.

Le soleil étirait nos ombres sur le trottoir et je sentais avec une sorte de bien-être passif mais néanmoins reconnaissant sa caresse sur ma joue et mes cheveux. Ma grand-mère et moi marchions de concert, et je songe aujourd'hui à une histoire que je ne connaissais pas à l'époque. Celle d'un homme qui pour pénétrer à l'intérieur d'une cité étrange et miraculeuse, peuplée de licornes au pelage doré, où il sait trouver une immense bibliothèque – contenant, au lieu de livres, les enregistrements de la mémoire de milliers d'êtres, dont la sienne, autrefois perdue – se voit contraint d'abandonner la seule présence amie qui l'ait toujours suivi, son ombre. Car c'est la règle au sein de cette cité qui ne connaît que trois saisons, l'été, l'automne et l'hiver, jamais le printemps, que d'y entrer entièrement neuf, en solitaire, vierge de toute trace du passé, alors même qu'on désire se retrouver et faire ressurgir son identité cachée au milieu de tant d'autres rangées les unes à côté des autres dans la tour hélicoïdale de la bibliothèque.

Tour dont le sommet se perd au milieu des nuages, et gardée non par un cerbère ou un monstre aux mille yeux, mais par une délicate et mystérieuse jeune femme qui bien que souriante, amicale même, n'a pas d'autre choix que de laisser vos questions sans réponses... À l'illusion de pouvoir découvrir qui il est, l'homme sacrifiera son ombre, et n'aura en retour qu'une conscience plus aiguë de l'énigme qui le ronge, et s'étend devant lui comme un désert où rien n'a survécu, à part sa conscience.

Je suis aujourd'hui cette conscience au milieu du vide, mais à l'époque je ne me doutais de rien, ma grand-mère tenait ma main dans la sienne et je ne savais pas que les notes de piano qui flottaient dans l'air et me parvenaient avec de plus en plus d'acuité tandis que nous avancions dans la rue, je ne savais pas que la profonde mélancolie qui donnait à cette musique l'ineffable douceur d'un chant marquait mon entrée dans un monde peuplé de choses aussi irréelles et attirantes que des licornes au pelage doré. Un monde où les ombres qui vous accompagnaient jusque-là n'ont d'autre choix que de disparaître pour céder leur place à de nouveaux mirages.

Ma grand-mère s'est arrêtée devant la maison d'où provenait la musique et m'a expliqué que la petite-fille de Mme Thi jouait depuis qu'elle était toute petite. Elle était très douée, et avait ému tous les parents lors de la fête de fin d'année, en juin dernier... Et c'est ainsi que j'ai commencé d'aimer Anna avant même de l'avoir vue.

## UNE VIE AU PIANO : UN ENTRETIEN AVEC ANNA SONG

*Par Robert Quirenne*

En hommage à Anna Song, décédée la semaine dernière, www.mondeenmusique.com republie l'interview qu'elle avait donnée il y a sept ans, en 2001, au critique Robert Quirenne dans une revue aujourd'hui disparue, *Des mots et des notes.*

*Anna Song : ce nom m'était inconnu lorsque j'ai reçu par la poste, il y a un mois, un CD de cette artiste assorti d'un bref message signé Paul Desroches, directeur de la maison Piano solo : « Dites-moi ce que vous en pensez », suivi d'un numéro de téléphone. Intrigué, j'ai glissé le disque dans ma chaîne stéréo. Les premières notes d'*Ondine *ont retenti dans mon bureau, pareilles à des gouttes de pluie tombant sur les eaux d'un lac, et je me suis bientôt rendu à l'évidence :*

*jamais je n'avais entendu d'interprétation plus virtuose, ni plus subtile, des œuvres de Ravel, de la* Sonatine *aux trois volets de* Gaspard de la nuit. *Il y avait une fluidité, une aisance, mais aussi une sensibilité, une délicatesse de touche, qui m'ont ébloui. Dès la fin du disque, j'ai pris mon téléphone et appelé pour en savoir plus : qui était donc cette pianiste d'exception dont je n'avais jamais entendu parler jusque-là ? C'est Paul Desroches lui-même qui a décroché, et répondu avec beaucoup d'amabilité à toutes les questions que je lui ai posées. Lorsque j'ai exprimé le désir de rencontrer Anna Song, il a hésité, puis accepté en me prévenant que l'état de santé de la musicienne imposait que l'entretien ne se prolongeât pas plus de deux heures. Il m'a dans le même temps appris que tous deux étaient mariés et habitaient un petit manoir à quarante kilomètres de Paris.*

*Je leur ai rendu visite l'après-midi du 17 mai dernier. Le domaine, très agréable, était parfaitement entretenu. Une allée de graviers menait jusqu'à une demeure datant du milieu du* XIXe *siècle, assortie d'une terrasse et d'un parc peuplé de bouleaux. Paul Desroches m'a accueilli sur le perron en me serrant la main, puis m'a fait monter un escalier avant de me laisser seul avec son épouse dans leur salon. Vêtue d'une robe de soie bleue, les cheveux noués en chignon, Anna Song s'est levée pour me saluer, et j'ai été d'emblée frappé non tant par sa beauté ou son élégance, pourtant incontestables, que par la détermination qui émanait d'elle. Ses yeux sombres dégageaient une fermeté et une énergie qui contrastaient avec sa voix douce, presque murmurée, son sourire d'estampe, ses gestes las. C'étaient les yeux de quelqu'un qui s'était beaucoup battu et continuait de lutter chaque jour, chaque heure, chaque minute pour rester debout, par la seule force de sa volonté, et l'espace d'un instant je me suis demandé quels abîmes elle avait bien pu affronter pour en revenir avec ces yeux-là.*

*Nous nous sommes installés dans des fauteuils qui faisaient face à la cheminée, devant une table en fer forgé où s'empilaient des ouvrages sur Mozart, Chopin, Beethoven et Debussy. Surprenant mon regard, Anna Song m'a alors confié qu'elle avait l'habitude de se plonger dans les biographies des compositeurs lorsqu'elle travaillait leurs œuvres. Ces lectures l'éclairaient ; elles l'aidaient à pénétrer les arcanes des partitions qu'elle étudiait, à donner à son jeu une justesse qu'il n'aurait pas eue sinon. C'est ainsi qu'a débuté notre entretien, qui a passé en revue tout son parcours, de son passé d'enfant surdouée à sa résurrection artistique à plus de quarante ans.*

Robert Quirenne. – Dans quelle mesure connaître la vie de Ravel, par exemple, permet-il de mieux cerner sa musique ?

*Anna Song. – De la même façon que les auteurs ne parlent jamais que d'eux, de ce qu'ils ont vu, vécu et entendu, quand bien même l'histoire qu'ils racontent semble à dix mille lieues de la leur, les compositeurs, à ce qu'il me semble, puisent avant tout dans leur existence pour créer. Seulement l'alchimie paraît plus mystérieuse car la musique s'écrit dans une langue faite non de mots mais de notes, une langue qu'on ne peut comprendre, parce qu'elle ne signifie rien : elle donne à ressentir, s'adresse au cœur et à l'âme plutôt qu'à l'intelligence ou à l'esprit. Dans le cas de Ravel, il y a des évidences : son voyage en Amérique et son intérêt pour l'art asiatique, par exemple, se retrouvent dans des compositions comme le* Concerto en sol *et le* Concerto pour la main gauche, *influencés par le jazz, ou* Laideronnette, impératrice des pagodes, *aux timbres exotiques, très « chinois ». Les observations tirées de son livre* Esquisse d'autobiographie *sont autant d'indications précieuses sur son art, comme lorsqu'il déclare que* Jeux d'eau *est inspiré du bruit de l'eau et des sons que font entendre les jets, les cascades et les ruisseaux, ou qu'il cite Shakespeare à propos de* Miroirs *(« La vue ne se connaît pas elle-même avant d'avoir voyagé et rencontré un miroir où elle peut se reconnaître »). Cela dit, je m'aperçois que je parle comme si une interprétation était un puzzle, et que la vie du compositeur et ses propos étaient des fragments de ce puzzle. Or ce que je cherche en me plongeant dans l'univers personnel de Ravel n'est pas de l'ordre du raisonné, du réfléchi, mais de l'intuition – presque de l'inconscient. À force de vivre dans son ombre, ou plutôt accompagnée par elle, un déclic finit par se produire, qui me permet de saisir l'intention profonde de ce qu'il crée. C'est une expérience étrange et merveilleuse, une forme de révélation dont je serais bien en peine d'expliquer les mécanismes.*

Votre approche de la musique reste donc essentiellement instinctive ?

*Oui, et je pense que cela vient de ce que ma mère m'a mise devant un piano avant même que je sache parler. La musique a été mon premier moyen d'expression, ma première prise de contact avec le monde. Ma mère avait fait du piano dans sa jeunesse, elle avait beaucoup de talent et avait même envisagé d'en vivre. Son existence a finalement pris une autre direction, mais la passion pour cet instrument lui est restée et, lorsque je suis née, j'ai été littéralement immergée dans Bach, Mozart, Schubert, Chopin, Prokofiev, etc. Nous les écoutions toute la journée ; on me réveillait sur de la musique, me donnait à manger sur de la musique, me faisait la lecture sur de la musique. Dès que j'ai eu deux ou trois ans, ma mère, assise au piano, m'a installée sur ses genoux pour me jouer des phrases très simples que je devais rejouer juste après elle. Bribe après bribe, j'en suis arrivée sans même m'en apercevoir à des morceaux de plus en plus élaborés. Je n'avais pas conscience qu'il s'agissait d'un apprentissage. Pour moi c'était une activité ludique que j'aimais d'autant plus qu'elle semblait ravir ma mère...*

Vous avez été ce qu'on appelle une enfant prodige ?

*On peut dire ça, même si... Disons que j'avais des dispositions pour un instrument et qu'y ayant été familiarisée très tôt et de manière intensive, j'ai vu ces dispositions se développer rapidement. Mes parents en étaient très contents, bien sûr, mais ils ont insisté pour que je poursuive une scolarité normale jusqu'au collège, même si les leçons de piano se sont multipliées jusqu'à grignoter toutes mes plages de temps libre au fur et à mesure que je grandissais. C'est seulement aux États-Unis – mes parents ont émigré là-bas quand j'avais douze ans – que j'ai eu la permission de ne plus faire que ça ou presque. Un maître m'a prise sous son aile et j'ai travaillé, travaillé, travaillé... Je ne pensais plus qu'à ça. Après quoi j'ai intégré la Juilliard School. Mais avant même mes premiers cours là-bas, dans cet établissement où j'avais toujours rêvé d'étudier pour devenir concertiste, j'ai remarqué que l'annulaire et l'auriculaire de ma main droite avaient tendance à se replier sous ma paume quand je m'exerçais. J'ai consulté un médecin qui a déclaré que mes nerfs étaient enflammés, et qu'il me fallait reposer mes muscles pendant trois mois. Ce que j'ai fait. Mais, quand j'ai repris, mon spasme n'avait pas disparu, bien au contraire. C'est à peine si je pouvais bouger ces deux doigts.*

Comment a réagi la Juilliard ?

*En me renvoyant. À partir du moment où je ne pouvais plus jouer, je n'existais plus pour eux. Une réaction qu'on peut juger aussi bien normale que monstrueuse. Pour ma part, j'ai été anéantie. J'ai couru toute l'Amérique pour me rendre chez des spécialistes, des physiothérapeutes, des psychiatres, des guérisseurs, etc. Ils ont émis toutes sortes de diagnostics et j'ai subi une faradisation des nerfs, des myélogrammes, des IRM, tout en suivant des dizaines de thérapies physiques et psychiques – sans résultat. C'était très compliqué car le phénomène ne se produisait que lorsque je jouais ; or peu de docteurs possèdent un piano dans leur cabinet, si bien que j'avais parfois l'impression d'être considérée comme une mythomane ! Certains ont soutenu que c'était psychologique, d'autres que mes tendons, trop crispés, nécessitaient une opération... Toujours est-il qu'il m'a bien semblé, à l'époque, que ma carrière était enterrée avant même d'avoir débuté.*

Mais vous avez fini par guérir ?

*Je souffrais d'un mal dont d'autres interprètes avaient été victimes bien avant moi – seulement le secret prévalait, car admettre l'existence d'une paralysie liée à la pratique de son instrument revenait à se suicider professionnellement, ce qui a peu ou prou été mon cas. Aujourd'hui on connaît mieux ce type de pathologie, qui porte le nom de « dystonie du musicien », on en a déterminé l'origine, cérébrale, et on lui a trouvé une parade, pas toujours efficace, malheureusement, même si cela l'a été dans mon cas : d'infimes injections, très localisées, de toxine botulique, permettent de relaxer les muscles et de réduire considérablement les contractions. Elles ne suppriment pas la source du problème, mais peuvent apporter un réel soulagement... C'est ainsi que j'ai pu reprendre le piano, avec beaucoup de prudence dans les premiers temps – j'ai évité les musiques trop riches en traits de peur de réveiller mon spasme, par exemple. Les choses sont donc revenues à la normale, mis à part le fait que l'attitude des institutions et de l'establishment musical en général m'avait profondément blessée, et vidée de mon énergie : j'avais été brisée dans mon élan.*

Qu'est-ce qui vous a redonné courage ?

*Quelqu'un à qui vous avez serré la main tout à l'heure... Je menais ma carrière comme je pouvais, dans une discrétion presque totale, lorsque j'ai rencontré ou plutôt retrouvé celui qui est devenu mon mari, Paul. Nous nous connaissions depuis un moment et nous nous étions perdus de vue (c'est toute une histoire, sans doute pas très intéressante pour vous), mais ce que je peux vous dire, c'est que j'ai plus confiance en lui qu'en moi-même – il a un goût sûr, une grande culture musicale et une oreille exceptionnelle. C'est lui qui m'a convaincue de me lancer dans l'entreprise insensée d'enregistrer la plupart des œuvres phares pour piano avant de mourir. Quand j'ai appris que j'étais atteinte d'un cancer, voyez-vous, mon premier mouvement n'a pas été de me dire que je n'avais vraiment pas de chance ou que le sort était contre moi. J'ai pensé : En tout cas, cela ne m'empêchera pas de jouer ! C'est alors que je me suis rendu compte à quel point la musique comptait pour moi. La musique, c'est-à-dire la pure joie d'être au piano, davantage que les concerts proprement dits, que je n'étais plus tellement en état d'assurer, du reste, avec l'avancée de la maladie. Les enregistrements ont ceci de merveilleux que je peux recommencer, prise après prise, jusqu'à ce que le résultat nous donne satisfaction, à Paul et à moi, mais aussi m'interrompre si je me sens trop mal. Grâce à eux, je peux continuer de pratiquer mon art sans crainte de décevoir le public en annulant une représentation, par exemple, ou en donnant une performance décevante du fait d'une baisse de forme. Et, dans le même temps, mes efforts ne sont pas vains puisque tous ces disques resteront après moi ; chacun aura la possibilité de les écouter, de les apprécier, peut-être. Cette pensée me réconforte : il me semble que, si j'arrive au bout de notre projet, mon existence aura eu un sens.*

Comment procédez-vous au quotidien ?

*Paul a installé un studio d'enregistrement dans un pavillon situé à quelques mètres d'ici, dans le parc, de façon que je puisse m'y rendre sans trop me fatiguer. J'y vais entre chaque rendez-vous à l'hôpital, pour peu que je m'en sente capable. Inutile de préciser que Paul m'accompagne en permanence. Nous avons décidé ensemble du programme et de l'ordre des enregistrements. Nous avons commencé par les morceaux les plus difficiles, comme les études de Leopold Godowsky d'après Chopin, qui nécessi-*

*tent une virtuosité et une force que je n'aurai plus d'ici peu.*

Juste un détail pour finir : ce n'est pas ce disque, extrêmement impressionnant d'un point de vue technique, que votre mari a décidé d'envoyer aux journalistes, mais celui des œuvres de Ravel. Pourquoi ?

*Pour tout vous dire, je ne m'occupe que de jouer car je n'ai plus le temps ni l'envie de faire autre chose. Paul est en charge de tout le reste, de l'emballage des disques à leur distribution. Je ne savais pas qu'il avait fait ce choix – vous me l'apprenez. Je crois cependant deviner ses raisons : le premier morceau qu'il m'a entendue jouer était de Ravel –* Pavane pour une infante défunte.

Dès que ma grand-mère a sonné, la musique s'est arrêtée. Le nuage de notes sur lequel je flottais s'est brutalement dissous, ne me laissant d'autre choix que de retomber sur terre. J'ai entendu quelques pas, vu la poignée pivoter et le visage de Mme Thi apparaître, le sourire aux lèvres. Dans ses cheveux blancs noués en chignon, la barrette jumelle de celle de ma grand-mère ; sur ses épaules, une blouse de soie brodée participant de l'élégance dont témoignaient déjà son port de tête, son teint plus pâle que le marbre, ses mains fines. D'un geste, elle nous a invités à entrer. La perspective de la porte offrait un aperçu du salon, et en particulier du piano qui trônait en son centre. Sur le tabouret qui lui faisait face se tenait une petite fille habillée d'une robe chasuble rouge, chaussée de souliers noirs vernis. Elle gardait sur son visage un air d'intense concentration, comme si elle n'était pas tout à fait sortie du monde qu'elle était occupée à construire la minute d'avant, délicat assemblage d'harmonies et de leitmotive dont on avait peine à croire qu'il avait été tissé par des menottes d'enfant. Ç'a été ma première vision d'Anna, son dos droit, son regard appuyé sous la frange impeccable, ses mains qui ne s'étaient pas encore résolues à quitter le clavier. Sur l'appel de sa grand-mère, elle a pourtant fini par descendre de son siège pour nous rejoindre. Nous nous sommes retrouvés face à face, à nous dévisager gauchement.

Ma grand-mère a fait compliment à Mme Thi du morceau que nous venions d'entendre, et en a demandé le titre. Anna le lui a donné dans un murmure, précisant qu'elle avait encore des mains trop petites pour bien le jouer, mais qu'elle l'aimait beaucoup. « Moi aussi », ai-je lâché. Trois têtes se sont tournées vers moi et, troublé d'avoir ainsi attiré l'attention générale, j'ai perdu contenance. « C'était très beau », ai-je tout juste bredouillé. Puis je me suis tu, les joues et le front aussi rouges que si l'on avait brutalement ouvert la porte d'un four de boulanger, me laissant à la merci de son souffle brûlant. Ma grand-mère a alors encouragé à Anna à se remettre à son instrument tandis qu'elle-même et Mme Thi prépareraient un goûter. Sur le hochement de tête d'Anna, les deux vieilles dames ont quitté le salon pour la cuisine, nous laissant seuls avec le piano.

J'ai passé tout l'après-midi à l'écouter. À voir courir ses doigts minuscules sur les touches noires et blanches, *sol, ré, si, sol, sol, la, fa, ré, si, sol*, suivant une mystérieuse chorégraphie d'où naissait une musique tantôt sombre et profonde, enveloppante comme une mer, tantôt haute, céleste presque, et lumineuse comme une goutte de rosée. Anna annonçait le titre et le compositeur de chaque morceau mais, tout à ce flot de dièses et de bémols qui me portait, j'ai été incapable d'en retenir aucun. À la fin de la journée, le chocolat posé sur la table basse était resté intact, et avec lui les cerises de ma grand-mère ainsi que les gâteaux préparés par Mme Thi, de délicieuses petites boules dorées, fourrées à la noix de coco et saupoudrées de sésame, dont je me régalerais dès la visite suivante. Et Anna et moi étions devenus amis, de même que le vent souffle, que le soleil brille et que la mer est salée.

Passer chez Anna et sa grand-mère, quand elles ne passaient pas chez nous, est devenu une étape obligée de notre quotidien ; les deux vieilles dames, ravies de notre entente, faisaient tout pour renforcer nos liens naissants. Nous prenions le goûter, nous nous amusions dans le jardin, aidions la grand-mère d'Anna à confectionner pour la mienne de petits miracles gastronomiques. Je me rappelle ainsi avoir suivi toute une journée durant les étapes de la préparation des pâtés impériaux ; l'humidification de minces galettes transparentes, trempées dans l'eau puis déposées sur des torchons propres ; le mélange du porc haché et assaisonné avec des carottes râpées, des champignons noirs émincés et des vermicelles transparents ; la disposition de petits tas de farce sur chaque galette, enroulée avec dextérité par la grand-mère d'Anna ; le crépitement des petits cylindres blancs lorsqu'elle les jetait dans l'huile bouillante de la poêle ; la patine blonde qu'ils prenaient peu à peu. Puis les plaisirs de la dégustation, les subtiles notes de menthe et de coriandre mariées à celles de la sauce de poisson, la farce fondante et parfumée dissimulée sous l'enveloppe croustillante.

Mais ce que je préférais, c'était écouter Anna. Elle s'entraînait dur, répétant ses exercices avec une constance et une discipline dignes d'un athlète de haut niveau avant de s'attaquer aux partitions proprement dites. Elle en étudiait chaque indication, s'interrogeait longuement sur la manière qui convenait à tel ou tel passage, que je l'entendais interpréter suivant différents tempi, avec de subtils changements de nuance, comme un savant variant les paramètres d'une expérience, durée, produits, température, ordre des manipulations. Elle prenait sans aucun doute plaisir à jouer, mais ce qui me frappait, c'était la façon dont elle dominait ses impulsions, contrôlait le moindre mouvement, la moindre émotion qui s'échappait pourtant de ses mains avec une force et une intensité proprement irrésistibles – en apparence. Tant d'application pour un résultat qui semblait si spontané me fascinait. Le temps passant, mon attention ne faiblissait pas : auprès d'Anna j'oubliais tout, comme si je puisais dans sa capacité à se concentrer tout entière sur son clavier, et à s'abstraire de ce qui l'entourait.

À la rentrée, nous avons pris l'habitude de partir à l'école et de revenir chez nous de concert. Nos grands-mères nous attendaient à l'arrêt du bus scolaire et nous entamions alors une promenade ponctuée d'un détour, toujours le même, tout droit après le deuxième crochet de la route ; laissant converser avec quelques gestes et mimiques celles qui étaient venues nous chercher, nous gagnions alors la clôture d'une prairie voisine où paissaient quelques moutons. Nous leur cueillions des feuilles dont ils étaient friands, et auxquelles un grillage les empêchait d'accéder. Ils obliquaient vers nous d'un pas lent mais sûr, envisageant la perspective d'un festin avec une placidité tout ovine. Puis mastiquaient et avalaient goulûment les poignées de verdure que nous leur tendions, ce qui nous mettait en joie. Je souriais et Anna riait. Son rire l'illuminait, et elle était jolie comme tout avec sa peau pâle, ses pommettes hautes et saillantes d'Indienne, ses grands yeux fendus en abricot et ses cheveux sombres, si brillants qu'on les aurait crus cirés, gainés de quelque mystérieux fluide.

Quelque chose émanait d'elle qui me la rendait terriblement proche. J'éprouvais à ses côtés une sensation de bien-être ; une vague tiède m'envahissait la poitrine et me soulageait du poids qui ne me quittait pas depuis la mort de mes parents. Je n'étais pas malheureux à proprement parler, engourdi plutôt, et Anna me sortait de ma léthargie, ou plus exactement en changeait la nature : mon regard sur ce qui m'entourait n'était plus le même du fait de sa seule présence. Elle avait beau arpenter cette terre, elle semblait vivre sur une autre, bien plus riche et poétique que celle que je connaissais, et qu'elle me faisait entrevoir chaque fois que nous nous retrouvions. C'était comme un secret qu'elle portait en elle et que, me semblait-il, j'étais toujours sur le point de pénétrer lorsque ma grand-mère et Mme Thi nous rappelaient à elles pour rentrer à la maison. C'était ce secret, j'en étais intimement persuadé, qui donnait à la musique créée par ses mains ce caractère absolu. Derrière la délicatesse des nuances et le toucher assuré, on décelait quelque chose d'autre, comme une soif d'exister, une aspiration inextinguible douant chacune des notes jouées par Anna d'une vibration particulière ; elle partait du ventre pour parcourir tout l'organisme, dans un fourmillement irradiant cœur, poumons, muscles, peau, avec une intensité telle qu'il me semblait parfois que j'allais imploser. Que mon corps, semblable à une prison de chair, était trop étroit pour contenir tout ce que je ressentais en écoutant Anna.

Sa musique m'exaltait et sa voix m'apaisait ; Anna lâchait chaque parole avec précaution, la laissant filer comme à regret. Son débit mesuré m'évoquait le murmure d'un ruisseau. Rien à voir avec le timbre flûté, perçant, voire franchement geignard, des autres filles de la classe. Du reste, Anna tranchait sur nous tous. Elle s'exprimait rarement à voix haute lorsque nous étions en groupe et ne participait guère à l'activité chaotique de la cour : je ne l'ai jamais vue courir à toutes jambes, ni crier, encore moins se battre avec un autre gamin. Elle s'exerçait parfois aux billes, qu'elle maniait avec habileté, mais préférait s'asseoir avec un livre sur un des bancs entourant un grand arbre qui dominait la cour. La maîtresse, passionnée de botanique, nous en avait confié le nom étrange – le ginkgo biloba – ainsi que les exceptionnelles qualités : on ne lui connaissait aucun parasite, il résistait à la pollution, possédait des propriétés médicinales et sécrétait en cas d'incendie une gomme l'empêchant de brûler.

J'allais souvent rejoindre mon amie sous l'arbre et, tout comme nous nourrissions de concert les moutons, nous observions ensemble nos camarades et leurs jeux. Parfois nous discutions, et parfois pas du tout, nous contentant de garder le silence au milieu de l'agitation ambiante. Je songeais encore à mes parents, au début. Je m'imaginais avec eux, ramenais d'heureux souvenirs à la surface de ma mémoire – l'anniversaire de mes sept ans où ma mère avait préparé un gâteau au chocolat orné de cristaux de sucre colorés dessinant mon prénom, un Noël où j'avais reçu le costume de Superman sur lequel je lorgnais depuis de longs mois. Et puis, peu à peu, ma tristesse s'est mâtinée de curiosité ; j'ai commencé à me demander à quoi Anna pouvait bien penser de son côté, pour sembler à ce point détachée du monde – comme si une fine paroi de verre la séparait non seulement des autres, mais de moi.

Plusieurs semaines se sont écoulées avant que j'en aie la moindre idée. Anna n'était pas bavarde, et dans l'égarement où j'étais je ne pensais guère à lui poser de questions. J'ai eu un commencement d'indice un jour d'octobre où le vent, qui soufflait par bourrasques sous le ciel gris, a arraché au ginkgo des poignées de feuilles qui se sont dispersées dans l'air avant d'atterrir sur le bitume de la cour. Anna s'est mis en tête de les ramasser et a quitté le préau où la plupart d'entre nous s'étaient réfugiés. Ses cheveux volaient en tous sens sans qu'elle y prêtât attention tandis qu'elle glissait son butin entre les pages d'un album illustré qu'elle avait emporté avec elle en guise d'herbier. Son visage arborait le même air concentré que quand elle jouait du piano, et au bout d'un moment je suis allé l'aider. Elle ne cessait de caresser la surface si plane des feuilles récoltées, comme étonnée de ne sentir aucune armature, aucune nervure centrale, juste une étendue d'une parfaite netteté, pareille à un minuscule éventail dépouillé de ses pliures. Et, alors qu'elle les pressait avec précaution sous la couverture cartonnée de son livre, elle s'est mise à me parler, elle qui parlait si peu, m'ouvrant soudain les portes de ce monde que je trouvais si mystérieux et attirant simplement parce qu'il était le sien. Elle m'a confié qu'elle aimait cet arbre, qui lui rappelait une histoire que sa mère lui avait racontée, celle d'une photo en noir et blanc qui trônait dans le salon de sa maison, suspendue juste au-dessus du piano. Le cliché représentait un homme d'un certain âge, vêtu d'un pantalon de satin et d'une tunique de soie, debout devant une vaste demeure aux lignes épurées, soutenue par des colonnes formant un péristyle, entourée de cocotiers et de palmiers, et flanquée, sur la droite, d'un ginkgo biloba. Une « maison de style colonial », comme on les appelait, mais qui, ironiquement, avait été édifiée par un colonisé. L'homme de la photo était le grand-père maternel d'Anna, un paysan vietnamien qui, à défaut d'argent, de famille et d'éducation, était doué d'intuition et de sens pratique : il avait eu l'idée de se lancer dans la culture à grande échelle du bambou et du cocotier, faciles à faire pousser sous ces latitudes et utilisés aussi bien dans la cuisine et l'artisanat que la fabrication de clôtures, de conduites d'eau, de nattes, de pâte à papier, d'huile pour l'éclairage, de chaume pour les toits ou la combustion. Les vendant à bas prix, il n'avait guère eu de peine à écouler ces matières premières très demandées. En quelques années d'un labeur opiniâtre, il avait remboursé les dettes considérables contractées pour son entreprise, et fait fortune : sa plantation était devenue le poumon économique de la région de Nha Trang, en bord de mer, et ne comprenait plus seulement bambous et cocotiers, mais aussi cannes à sucre, fruits du dragon, durians, mangoustans... Les champs et vergers en vinrent à former une mer aux nuances d'émeraude, de kiwi et d'herbe fraîchement coupée, une marqueterie de verts s'étendant sur toutes les collines alentour.

Pendant quinze ans, les richesses du grand-père d'Anna crûrent avec ses terres, et atteignirent des sommets tels qu'il aurait pu acheter la ville voisine tout entière s'il l'avait désiré. Mais il ne le désirait nullement. S'approprier les commerces existants, les maisons déjà bâties, les plages présentes de toute éternité l'intéressait peu. Ce qu'il voulait et avait toujours voulu, c'était abandonner la ferme où il logeait avec toute sa famille pour élever, au milieu des cultures qui lui avaient permis, lui, petit paysan miséreux, de renaître en puissant planteur, une demeure pourvue d'un élégant portique, de pièces parquetées, de salles de bains carrelées, de colonnes sculptées, de hautes fenêtres, d'un jardin d'agrément, et d'une piscine où ses enfants pourraient se rafraîchir. Il mit au point les plans avec un architecte de ses amis et embaucha lui-même ses ouvriers. Ils mirent près de six ans à achever ce que le grand-père d'Anna considérait comme son grand œuvre, à l'instar des empereurs commandant la construction, tout le long de la rivière des Parfums, de tombeaux si splendides que certains choisirent d'y vivre avant d'y mourir... Tombeaux assortis de lacs recouverts de lotus blancs, de temples à trois étages symboles des pouvoirs du ciel, de l'eau et de la terre, de colonnes dorées à l'or fin, ornées de dragons et de phénix, et de statues de pierre représentant mandarins, chevaux, tortues, soldats. Tombeaux aménagés selon l'art ancestral du feng shui, qui agençaient savamment les éléments – collines surélevées, cours d'eau, lumières naturelles, jardins semés de plantes ornementales – pour donner à l'ensemble l'équilibre le plus achevé, dans une harmonie s'accordant jusqu'à fusionner avec la nature environnante, si bien que vous envahissait, sitôt la première porte franchie, un sentiment de profonde sérénité.

Contrairement à l'empereur Minh Mang, emporté par la maladie plusieurs années avant la fin des travaux colossaux qu'il avait engagés, le grand-père d'Anna put mener à bien son projet : il avait le temps, l'argent, et surtout la volonté. Aucun détail ne fut laissé au hasard. Il veilla à ce que des meubles de bois précieux fussent installés dans chaque pièce, aménagea pour sa femme, passionnée de musique, un salon où apparut bientôt un magnifique piano à queue venu d'Europe, et eut l'idée, pour ombrager le corps de logis, de planter des allées de palmiers et de cocotiers alternant avec une subtile composition de bambous issus de toute l'Asie – certains d'un noir charbonneux, d'autres bicolores, d'autres encore en « carapace de tortue », aux torsions savamment chaînées. Il ajouta à l'ensemble quelques plantes choisies pour leur beauté, leur extravagance, voire leur caractère sacré – ainsi d'un arbre aux propriétés si étonnantes qu'elles lui avaient valu d'être vénéré des siècles durant dans la vallée chinoise dont il était originaire, avant de se répandre dans le reste du monde sous l'appellation d'« arbre aux quarante écus », dénomination due au prix payé par un de ses premiers acheteurs étrangers autant qu'à la couleur dorée qu'il prenait en automne. Il s'agissait, bien sûr, du fameux ginkgo biloba dont sa petite-fille garderait la mémoire, bien qu'elle ne l'ait jamais vu autrement que sur une photo...

Après six ans d'efforts, les ouvriers posèrent la dernière pierre du rêve du grand-père d'Anna. Il n'organisa à cette occasion aucune fête, aucune célébration impliquant festin, musique, danses et autres divertissements qu'il jugeait par trop ostentatoires. Mais sa fierté était suffisamment grande pour qu'il décidât de faire venir de la ville un photographe qui l'immortalisa, vêtu de son plus beau costume de soie, debout sur le péristyle de la maison. Le soleil dorait sa tunique et son visage rayonnant, devenu presque enfantin sous le coup de la joie, démentait sa pose de patriarche. Ces murs qui incarnaient sa réussite constituaient tout à la fois l'aboutissement de son parcours et un commencement : il établissait là, songeait-il, les fondements d'un avenir – celui de ses enfants et petits-enfants.

Le rêve dura quatre ans. Quatre ans où il vécut heureux, entouré de sa femme et de ses fils et filles, au sein de cette demeure à la fois fraîche et lumineuse – fraîcheur des allées ombragées, des bosquets de bambous, de la piscine à la margelle de pierre bleue, lumière de la façade blanche, du soleil léchant la surface de l'eau, du jour qui brillait haut dès cinq heures du matin. Quatre ans où le temps sembla se dilater en une surface étale, infinie, seulement rythmée par les notes du piano de la grand-mère maternelle d'Anna – celle qu'elle n'avait jamais connue – qui égrenait selon son humeur des pièces de Bach, Chopin, Schubert, Schumann... Mais tandis qu'elle enseignait le solfège à ses enfants tout en veillant à la bonne tenue des cuisines et du ménage, que les serviteurs arrosaient les bambous, nettoyaient la piscine et escaladaient les cocotiers pour cueillir les noix d'un vert pâle, qu'ils fendaient d'un coup de hache pour en recueillir le lait, et que l'on engrangeait de nouvelles récoltes de canne à sucre, rien n'allait plus aux portes de la propriété.

Le grand-père d'Anna n'avait jamais beaucoup apprécié les Français. Il évitait autant que possible de faire des affaires avec eux – ce qui s'était révélé plutôt délicat au temps où la colonisation battait son plein – mais ne faisait pas pour autant étalage de ses sentiments patriotiques. Au demeurant, il n'avait pas été maltraité : sa position de notable et ses richesses l'avaient protégé, et les autorités, connaissant sa popularité dans la région, le traitaient avec respect. Les choses changèrent une fois la Seconde Guerre mondiale achevée, lorsque la France décida de reprendre en main ses colonies. Grâce à quelques contacts bien placés, le grand-père d'Anna apprit que l'armée française envisageait de confisquer son domaine afin d'en faire une base stratégique : la grande salle du bâtiment principal ferait un parfait lieu de réunion et de travail, et les étages étaient à même de fournir aux officiers un logement des plus confortables...

Ce n'était qu'une question de jours, voire d'heures. Le grand-père d'Anna n'eut pas un instant d'hésitation : durant la nuit, il envoya toute la famille se réinstaller dans l'ancienne maison – la ferme où il habitait lorsqu'il avait à peine le sou –, organisa un rapide déménagement de l'autel des ancêtres, des objets les plus précieux, et ordonna à ses plus fidèles domestiques de l'assister dans la tâche d'anéantir, pierre après pierre, la demeure qu'il avait construite avec tant de fierté. L'idée qu'elle pût servir de quartier général aux Français le révulsait, et sachant qu'il ne pourrait s'opposer de manière frontale à leur volonté, à moins de mettre en péril l'existence de tous ceux – et ils étaient nombreux – qui dépendaient de lui, il avait fort simplement décidé de tout détruire. L'entreprise ne fut pas de tout repos : l'édifice avait été bâti pour résister à une chaleur extrême comme aux pluies de mousson, très violentes dans la région. On avait utilisé les meilleurs matériaux, dont des bois précieux vernis contre le feu, si bien qu'il fallut littéralement hacher menu la charpente avant de pouvoir l'incendier. On démonta les portes et fenêtres, abattit les colonnes sculptées, attaqua le plâtre à la pioche, rasa les murs jusqu'aux fondations. Même les meubles furent brûlés – les fauteuils d'acajou, les tables incrustées de citronnier, les armoires aux liserés d'ébène, les commodes de palissandre, toutes choses trop lourdes pour être transportées avec vitesse et discrétion, se réduisirent bientôt à un petit tas de cendres aux fumées odorantes. Et c'est ainsi qu'en l'espace d'une seule nuit, le grand-père d'Anna sacrifia le fruit de tous ses efforts – une chose qui, parce qu'elle incarnait tout ce en quoi il croyait, lui semblait sortie de sa chair même. Une chose dont il pensait qu'elle durerait toute sa vie et bien au-delà. Une chose dont il avait vu la naissance, mais dont il n'aurait jamais pensé ordonner la fin.

Il n'eut pas une plainte, pourtant, même lorsqu'il fallut démembrer le piano à queue sur lequel sa femme avait joué avec tant de passion, même lorsque l'incendie gagna le jardin, détruisant chacune des parcelles si patiemment aménagées. Le visage couvert de suie et de sueur, il travailla avec détermination jusqu'au petit matin qui, se levant sur les ruines de la propriété, éclaira tristement ce qui en subsistait : les délimitations des pièces au sol, le portique dont le dessin calciné laissait deviner la splendeur anéantie, quelques bambous carbonisés, qui en se consumant avaient éclaté comme des bouchons de champagne... Tout à sa tâche, cependant, il avait oublié un détail : le ginkgo biloba, à l'approche du feu, s'était mis à sécréter sa gomme protectrice, si bien que son tronc et ses branches étaient intacts. Un miraculé – et l'unique vestige du rêve de la photo.

Rêve qui du reste ne redevint jamais réalité. Le grand-père d'Anna ne reconstruisit pas sa maison, même quand les Français eurent quitté le Viêtnam. Se sentait-il trop vieux, trop fatigué ? Songeait-il que de toute façon, même s'il en trouvait le courage, une autre guerre la lui enlèverait, et que cette fois il n'y survivrait pas ? Ou bien encore la destruction du domaine et les troubles que connaissait le pays avaient-ils fini par entamer sa fortune ? Seule certitude, quelque chose en lui s'était éteint en même temps que les flammes qui avaient dévasté sa demeure. Son dos s'était tassé, ses rides creusées, et son regard avait perdu de son éclat. Il n'était pas mortellement atteint : il continuait d'aimer sa femme et ses enfants, de sourire avec fierté devant ses champs qui s'étendaient à perte d'horizon, de recevoir les visites de nombreux amis... Seulement lui qui n'aimait rien tant, autrefois, que parcourir ses terres à longueur de journée préférait à présent demeurer dans la ferme où il était revenu s'installer avec toute sa famille, comme si c'était là une juste place qu'il n'aurait jamais dû quitter.

De temps en temps, pourtant, pris de nostalgie, il retournait se promener sur son domaine accompagné de la mère d'Anna, la petite dernière. Il avait développé envers elle une affection particulière parce qu'en plus d'être la plus jolie de ses enfants, elle témoignait d'une énergie comparable à celle qui lui avait malgré tout permis de faire son chemin et de s'établir à son compte... Sa fille à ses côtés, il faisait le tour de ce qui restait de sa propriété, examinait des fragments de charpente qui avaient échappé à l'incendie, fouillait du bout de sa canne quelques débris, et observait le contraste s'accentuer chaque jour davantage entre les ruines de pierre, en partie enfouies sous une fine couche de poussière et de cendre, et la végétation d'un vert vigoureux, presque obscène. Étrangement, celle-ci n'envahissait pas l'habitation proprement dite, elle se contentait de la cerner de tous côtés, poussant autour d'elle comme pour la protéger, à la manière des bois enchantés abritant le château de la Belle au bois dormant – sauf qu'il n'y avait plus de château.

La visite s'achevait rituellement par quelques instants auprès de l'arbre aux quarante écus, dont il cueillait avec précaution trois ou quatre feuilles. Il les lissait à plusieurs reprises sur sa paume, ainsi qu'il le faisait du temps où leur demeure était encore indemne. Ce geste avait été une simple habitude, un tic auquel il n'avait jamais réfléchi ; il était à présent chargé de tous les souvenirs qu'il gardait de « la vie d'avant » – souvenirs de promenades entre les bambous tandis que des accords montaient du piano à queue, de moustiquaires déguisant les couches en lits à baldaquin et de corbeilles de fleurs décorant les meubles de bois brun que le soleil polissait jusqu'à lui donner l'éclat d'une pièce d'argent. À la ferme, on gardait un silence total sur ces quatre années passées dans la maison ; elles s'étaient comme évaporées. Pourtant il lui suffisait d'étaler sur sa main une feuille du ginkgo pour que les images, les *impressions* de ces lieux qui lui avaient été si chers ressurgissent de sa mémoire anesthésiée. Il passait le mur du temps et retrouvait, l'espace de quelques secondes, un monde aimé, et évanoui.

C'est en hommage à ce monde, à ce rêve échoué sur les rives des souvenirs familiaux, qu'Anna ramassait à présent les feuilles que je lui tendais. Son grand-père était mort depuis tout juste neuf ans, or on avait coutume, dans les familles bouddhistes comme l'était la sienne, de commémorer la disparition des parents proches en organisant chaque année un *cung*. On faisait brûler de l'encens sur l'autel des ancêtres tout en y déposant des plats pareils à ceux dont la grand-mère d'Anna nous faisait don, à ma grand-mère et à moi : des pâtés impériaux garnis de salade, des morceaux de pâté de porc sortis de leur enveloppe de feuilles de bananier pour être arrangés en étoile, du potage à l'œuf, au crabe et aux asperges, du poulet rôti débité en succulents morceaux à la peau croustillante, des bols de riz parfumé, des pâtes de riz aux fruits de mer, des sautés de légumes mêlant courgettes et vermicelles transparents, haricots verts, carottes et champignons noirs, des assiettes de litchis, de clémentines et de longanes dont l'écorce brunâtre dissimulait une chair délicate, à la blancheur presque transparente. À tous ces mets, Anna avait décidé d'adjoindre une offrande personnelle, qui n'était pas comestible, contrairement à la coutume : une coupelle de feuilles de ginkgo qu'elle aurait auparavant fait sécher. Son grand-père serait sûrement heureux, depuis l'au-delà où il se trouvait aujourd'hui, de recevoir ce témoignage d'affection. « J'aurais préféré lui jouer un morceau, un prélude de Chopin qu'il aimait et demandait souvent à ma grand-mère, ajouta Anna tandis que retentissait la sonnerie annonçant la fin de la récréation. Mais c'est impossible, la cérémonie doit se dérouler en silence. Enfin, ça ne m'empêche pas d'avoir une pensée pour lui dès que je suis au piano… Maman dit toujours qu'il peut m'entendre parce que la musique, c'est le langage de l'âme, et que l'âme est la seule chose qui ne meurt pas. Alors, chaque fois que je pose mes mains sur le clavier, je l'imagine près de moi. J'imagine qu'il m'écoute, qu'il sait que je joue pour lui, et qu'il est heureux, car malgré le temps qui passe je me souviens de lui et de ce qu'il a réussi à accomplir autrefois. »

## LE DÉBUT D'UNE SONGMANIA ?

Par Alain Martial, *Gramophone magazine*, juillet 2008

*Il y a un mois, peu de personnes avaient entendu parler d'un des parcours les plus étonnants de l'histoire de la musique : celui d'Anna Song, que sa mort, et surtout les cent deux CD d'œuvres pour piano qu'elle enregistra les dernières années de son existence, sont en passe d'élever au rang de mythe. Née en 1959 dans la banlieue parisienne, atteinte d'un grave cancer qui la força à quitter la scène à l'âge de trente-trois ans, Anna Song s'impose aujourd'hui comme une des plus grandes artistes du siècle, plus prolifique qu'un Richter, un Rubinstein ou un Ashkenazy ! Personne avant elle n'aura su interpréter avec autant de profondeur, d'intelligence, de finesse – une finesse qui n'exclut nullement la puissance – des pièces composées par des maîtres aussi différents que Mozart, Liszt ou Messiaen. À l'aise tant dans les préludes que dans les concertos, dans les fugues de Bach comme dans les valses de Chopin, cette artiste aura déployé une polyvalence en tous points fascinante.*

*« J'ai un faible pour le "Chasse-Neige" des* Études d'exécution transcendante *de Liszt, sa version tout en fureur contenue et pourtant vibrante de l'*Appassionata *de Beethoven, et son* Gaspard de la nuit *de Ravel, d'une virtuosité cristalline. Ces compositeurs n'ont guère à voir les uns avec les autres, mais dans tous les cas on a le sentiment qu'elle a réussi à saisir l'essence même de leur art et qu'elle donne à entendre ces œuvres comme nul autre n'a réussi à le faire, en s'effaçant pour entrer en symbiose avec eux... » Ainsi parle Gérard Manzel, journaliste qui a donné un large écho aux interprétations d'Anna Song, et l'un des seuls, avec Robert Quirenne (dont l'entretien figure sur www.mondeenmusique.com), à l'avoir interviewée. « Une personnalité étonnante. Une femme très belle, et très discrète au premier abord avec sa silhouette menue et sa voix douce, et dans le même temps faisant montre d'une telle force, d'une telle clarté dans le discours ! Elle disait toujours, d'ailleurs, que ce qui fait un bon pianiste tient moins dans le talent ou la sensibilité que dans le courage, le caractère et la capacité de travail... »*

*Une éthique stoïcienne pratiquée sans faillir par Anna Song : hospitalisée pour plusieurs jours toutes les sept semaines durant les dix dernières années de son existence, elle n'en sera pas moins venue à bout de son projet d'enregistrer plus de mille compositions d'une qualité exceptionnelle pour le label Piano solo, dirigé par son mari Paul Desroches. « J'aime à penser que la douleur a ajouté une dimension supplémentaire à son jeu. Comme si elle avait pu pénétrer la substance même de la musique », déclare celui qui est aujourd'hui veuf, et en reste inconsolable : « Il aura fallu qu'Anna attende la fin de sa vie pour rencontrer le succès. Et encore, elle n'en aura vu que de timides prémices... Quel gâchis ! » Aujourd'hui, la maison de disques est totalement débordée, mais cela ne semble pas le réjouir outre mesure : « Nous recevons des commandes du monde entier, en des quantités qui dépassent de loin nos capacités de distribution. Nous sommes une petite structure, il faudrait décupler nos moyens pour satisfaire la demande. Je n'en ai pas l'intention : je n'ai jamais eu le tempérament d'un entrepreneur, je voulais juste qu'on puisse avoir accès au génie d'Anna... Aujourd'hui, c'est chose faite. Je suis seulement triste que tout cela ne soit pas arrivé plus tôt, lorsqu'il était encore temps. »*

*Qu'il s'agisse d'un effet de mode ou d'une tendance de fond, les médias montrent en tout cas un intérêt croissant pour Anna Song, non seulement pour son œuvre, mais pour son parcours hors normes, loin des institutions établies ; son énergie déployée malgré la maladie ; sa longévité artistique ; la révélation tardive de son génie. À l'excellente réception critique dans les magazines spécialisés ont succédé plusieurs rétrospectives, à la radio, sur Radio-Classique en décembre dernier, sur France-Musique il y a deux mois, et bientôt à la télévision où plusieurs projets de documen-*

*taires sont en cours. Arte a prévu une émission spéciale, France Télévision a programmé deux reportages. On ne compte plus les articles consacrés à Anna Song dans la presse et sur le Web, où des forums de discussion attirent des dizaines de milliers de « Songmaniaques » échangeant des informations pour se procurer au plus vite tel ou tel disque manquant à leur collection. Bon nombre des CD étant épuisés, leur cote atteint parfois plusieurs centaines d'euros, la réputation de l'artiste ayant dépassé depuis longtemps les cercles de* happy few *comme les frontières, ainsi qu'en témoigne le commentaire du célèbre critique américain John Mason : « Anna Song est pianistiquement l'arrière-petite-fille de Liszt et la petite-fille de Busoni et Paderewski, poétiquement la nièce de Rachmaninov. »*

*Les téléchargements légaux et illégaux se comptent par dizaines de milliers et Paul Desroches est littéralement assiégé par les sollicitations pour des entretiens ; mari et producteur d'Anna Song, il était aussi son manager, son conseiller et son mentor. Tous deux étaient liés par une affection profonde, mais aussi par un compagnonnage artistique qui en fait un témoin essentiel de ce qu'a vécu Anna Song et de ce qui l'a constituée comme interprète. Il s'efforce de répondre à la plupart des demandes, considérant que c'est son devoir que d'aider les uns et les autres à transmettre la mémoire de son épouse : « Tant qu'on écoutera sa musique, elle n'aura pas tout à fait disparu du monde. C'est tout ce qui compte pour moi. »*

Je n'ai jamais oublié le regard d'Anna parlant de son grand-père, ce jour où je l'ai aidée à ramasser des feuilles de ginkgo – comme si tout ce qui l'entourait était devenu transparent et qu'elle contemplait une autre réalité, par-delà le temps et l'espace. Nous étions debout dans cette cour d'école asphaltée, lustrée par la pluie et balayée par le vent, à quelques pas de nos camarades réfugiés sous le préau, mais le paysage grisâtre que nous affrontions s'effaçait de lui-même devant celui qu'elle avait en tête, fixé sur une photo qui la faisait rêver depuis l'enfance : une maison à la blancheur éclatante sous un soleil qui l'était tout autant, maison assortie d'un jardin de bambous, d'une piscine pavée de pierres bleues, et d'un arbre aux feuilles dorées devant lequel se tenait un homme qui souriait du sourire de celui qui a conquis son bonheur de haute lutte.

C'est peut-être pour cette raison que je me sentais à ce point en pays de connaissance avec Anna. Qu'il me semblait la comprendre alors que je savais si peu de choses d'elle : nous étions tous deux à la recherche de quelque chose que nous ne retrouverions jamais. La contemplation de la route depuis la fenêtre de ma chambre, les songes sur mes parents dans lesquels je me plongeais comme dans une eau tiède, ce ressassement de regrets et de souvenirs courant dans la trame de mon quotidien tel un fil de soie étaient parfaitement vains ; rien ni personne ne me ramènerait ma vie d'avant. Je le savais, mais ne pouvais m'empêcher de recueillir les images du passé avec une joie hérissée de remords et, tel un collectionneur monomaniaque examinant les vignettes de son album, de les passer en revue jusqu'à ce que chaque détail s'imprime en moi. Il me semblait ainsi que quelque chose de ma famille, du trio que nous avions formé, demeurait dans l'air – une fragrance délicate que j'étais seul à pouvoir sentir. Chasser ces souvenirs aurait été comme tuer une deuxième fois mes parents. Qui sait si dans l'au-delà les morts n'ont pas besoin qu'on pense à eux pour ne pas disparaître définitivement, me disais-je. Qui sait si notre mémoire n'est pas leur dernière attache, l'ultime lueur qui les protège du néant…

Lorsque je suis allé prendre le goûter chez mon amie, le lendemain du *cung* dédié à son grand-père, je lui ai demandé ce qu'elle en pensait. Pour la première fois depuis qu'ils avaient quitté ce monde, je parlais de mes parents à quelqu'un d'autre que ma grand-mère ; cela m'a paru aller de soi, alors que j'avais longtemps pensé que leur simple mention me resterait en travers de la gorge comme un secret honteux. Cela n'avait rien de honteux, pourtant. Et ce n'était même pas un secret : avec l'amitié qui liait nos grands-mères, Anna ne pouvait pas ne pas savoir. Mais elle n'y avait jamais fait allusion, et je lui étais reconnaissant de s'être avancée la première sur le terrain des confidences. De m'avoir permis de m'engouffrer dans la brèche qu'elle avait ouverte.

Pour les Vietnamiens, m'a-t-elle expliqué, les défunts, s'ils changeaient de dimension, n'en poursuivaient pas moins une existence qui nécessitait l'appui des vivants, et en particulier celui du fils aîné, chargé d'entretenir le culte de ses parents et grands-parents en leur consacrant à intervalles réguliers cérémonies et offrandes qu'il déposait sur l'autel des ancêtres – un grand buffet de merisier en tenait lieu chez les Thi, auquel je n'avais prêté aucune attention jusqu'à cet après-midi avec Anna. Plusieurs fois par an, les proches se rassemblaient donc rituellement autour d'un petit festin que le disparu qu'on voulait honorer était symboliquement invité à partager. Dans les campagnes d'autrefois, le *cung* donnait lieu à des fêtes réunissant sous le même toit oncles, tantes, cousins et cousines venus de tous les villages environnants : tous ceux qu'on estimait, et qui s'estimaient, de la famille. À cette occasion, chacun joignait les mains et s'inclinait devant l'ancêtre pour lui témoigner son respect, avant de lui adresser une prière… On agissait comme s'il était présent, esprit bienveillant flottant autour de vous, prêt à vous écouter et à vous guider dans tout ce que vous faisiez.

Chez Anna, des panneaux de bois dissimulaient les photos des disparus, alignées avec soin sur l'étage supérieur du buffet, où étaient également disposés un encensoir et des coupes à filet doré, plantées de bâtons d'encens. L'étage inférieur, vide, se remplissait à chaque cérémonie. Tout y était alors disposé comme pour un vrai repas : bols de riz blanc assortis de baguettes d'ébène, verres de vin rouge, plats de légumes et de viandes, desserts – généralement des entremets à la banane, et des beignets fourrés aux haricots et à la noix de coco. La veille de ma visite, la nourriture s'étalait à profusion, et vêtue d'un *ao dai* de satin, un nœud de velours dans les cheveux, Anna s'était pliée au traditionnel cérémonial, baissant à trois reprises la tête devant la photo de son grand-père.

Ce n'était qu'une fois les bâtons d'encens entièrement consumés que la famille réchauffait les aliments et passait à table. Les Vietnamiens croyaient-ils vraiment que les défunts s'en étaient entre-temps régalés ? Pas plus, sans doute, que nous ne pensons que le parfum des fleurs déposées sur les tombes parvient réellement à ceux à qui elles sont pourtant destinées… Nous désirons nous souvenir de ceux que nous aimons et signifier que nous les gardons dans notre cœur en leur offrant un bouquet de chrysanthèmes ; le *cung* rend hommage aux aînés disparus tout en maintenant la cohésion parmi leurs descendants. Il dit la continuité des liens du sang malgré le temps qui les distend, et les perturbations de l'Histoire qui dispersent une famille aux quatre coins du globe, et vous font célébrer le culte d'un homme dans une maison située à plus de quinze mille kilomètres du lieu où repose sa dépouille...

Je n'avais pour ma part nul autel où disposer des monceaux de fruits dont l'énergie aurait nourri les âmes de ceux que j'aimais, descendues sur terre pour l'anniversaire de leur décès ; nulle photographie encadrée d'eux accrochée au-dessus des fumées d'encens brûlant pour leur repos ; nul bouddha de marbre ou de jade devant lequel me prosterner afin qu'il veille sur eux. Cela signifiait-il qu'ils erraient sans but entre ce monde et l'autre, incapables de trouver la paix du fait de ma négligence ? Anna m'a assuré que non, Anna qui comme moi chérissait des morts, mais des morts qu'elle n'avait même pas connus, des morts dont on lui avait transmis la légende et qui, parce que c'était ce qu'ils étaient à ses yeux – des héros de légende –, avaient plus de substance que les gens qu'elle croisait tous les jours, que son institutrice, ses camarades de classe, ou moi-même. Anna m'a dit ce jour-là qu'il suffisait de croire, et que le reste importait peu. Les rites n'étaient qu'une sorte de mime, un subterfuge creux sans la foi qui leur donne un sens. Et, parce qu'elle avait toujours mis toute sa foi dans la musique, elle espérait que celle-ci parvenait à ses grands-parents où qu'ils soient aujourd'hui. Ses doigts déchiffrant une partition que sa grand-mère avait elle aussi jouée autrefois ne faisaient pas seulement entendre pour la millième fois le même morceau ; dans son esprit, ils sauvaient un peu du passé, et révélaient qu'il n'était pas, précisément, tout à fait passé, puisque l'histoire non seulement avait été transmise, mais se poursuivait, Anna succédant à son aïeule. Le chant qui s'échappait de son instrument avait ce pouvoir, de la même façon que le poète célébrant son aimée lui confère une forme d'immortalité.

L'autel des Thi était d'ailleurs situé juste en face du piano, comme pour confirmer qu'il existait bien un lien entre eux. Anna, faisant glisser un panneau coulissant, m'a montré la photo de son grand-père, qui demeurait dans une niche séparée, avec pour seule compagnie, étalées dans une blanche assiette de porcelaine, les feuilles recueillies par elle quelques jours plus tôt. Vêtu de soie sur les murs du salon, où il se tenait debout devant la maison au ginkgo, il était ici assis sur un grand fauteuil de bois sculpté et portait l'habit occidental, la main appuyée sur une canne à pommeau d'ivoire. La vivacité de son regard contrastait avec la solennité de la pose, et du cliché se dégageait quelque chose de suranné (tandis que l'autre photo semblait au contraire atemporelle) : le noir avait bruni et le blanc jauni, la tenue était d'une élégance d'un autre âge, le décor artificiel – un siège assorti à la table basse, sur laquelle était posé un bouquet de roses arrangé avec une minutie extrême, sans une tige qui dépasse ou dérange. Les deux photos, l'une accrochée au mur du salon, l'autre dissimulée derrière un battant de l'autel, semblaient résumer le grand-père d'Anna, qui portait aussi bien la robe traditionnelle chère aux mandarins que le costume taillé selon la dernière mode parisienne de l'époque : patriote et grand seigneur, il avait refusé de livrer sa demeure aux occupants mais, conscient que l'éducation que ces mêmes occupants dispensaient était un passeport pour l'avenir, il avait par la suite inscrit au lycée français son enfant préférée, Liên, la mère d'Anna, en usant des débris de sa fortune, et de toute l'influence qui lui restait.

Contrairement à son frère et sa sœur, plus timorés, ou résignés, peut-être, Liên, qui avait hérité de son père une volonté et une endurance à toute épreuve, nourrissait en effet l'espoir de partir un jour quelque part où l'existence offrirait d'autres perspectives que celles qui lui étaient à peine consenties aujourd'hui – quelque part où l'on ne serait pas forcé d'incendier sa propre demeure et de contempler sans pouvoir rien faire « des fleuves de sang et d'os rouler dans les rizières », comme disaient les anciens. Quelque part en France, en somme... Liên ne voulait rien de moins qu'aller chez l'occupant acquérir les connaissances et les diplômes qui lui permettraient de revenir aider son pays, et de rendre aux siens un peu de ce dont ils avaient été dépouillés.

Avant que les circonstances n'ébranlent sa position, le grand-père d'Anna s'était rêvé grand propriétaire terrien asseyant sa richesse pour des générations et des générations, au nez et à la barbe des Français. Il n'était donc pas mécontent de voir sa fille, Annamite accueillie avec dédain par ses *Tây* de camarades et de professeurs, prendre la tête de la classe, puis donner des cours particuliers à ses camarades les plus en difficulté. Il en concevrait d'ailleurs une fierté telle qu'il en oublierait que Liên, auparavant si assidue à ses cours de piano, semblait désormais s'en être lassée, expliquant qu'elle avait trop de travail pour y consacrer même une minute de son temps. Saisissant le moindre prétexte, elle manquait ses leçons avec la même constance qu'elle avait mise à les suivre. Si bien que l'humble piano droit qui avait remplacé l'autre – celui à queue, tout de laque polie et d'ivoire mat, réduit par l'incendie à l'état d'un amas de cordes tordues sur elles-mêmes – restait bêtement appuyé contre le mur de la salle à manger, le couvercle clos. Il n'était plus le sublime instrument dont les sonorités semblaient autant de fenêtres ouvertes sur un monde enchanteur, mais un meuble encombrant, tout juste bon à prendre la poussière. Traumatisée par les événements, la mère de Liên elle-même n'en jouait plus que rarement, car les notes qu'elle faisait entendre avec tant de joie autrefois n'étaient plus l'expression de l'harmonie qui régnait dans sa propriété, mais portaient en elles la résonance de sa destruction – l'écho d'une chose morte. L'anéantissement de la maison au ginkgo avait engourdi jusqu'au désir de musique, comme si la simple beauté était désormais un luxe que Liên et les siens ne pouvaient plus se permettre.

Il n'y avait pas de place pour les artistes, dans le monde où ils vivaient. Les affaires du grand-père d'Anna allaient en empirant, et l'air bruissait des guerres à venir, contre les ennemis extérieurs et intérieurs, les Américains qui prenaient le relais des Français, le Nord et le Sud s'entre-déchirant, les communistes au corps à corps avec les anticommunistes. Le chaos qu'on espérait éphémère s'installerait alors comme une donnée aussi immuable que les inondations dues aux pluies de mousson condamnant chaque année des milliers de familles à mourir de faim. Ces mêmes familles qui bientôt choisiraient, si elles ne l'avaient déjà fait, de mourir pour une « juste cause » – soit une séduisante et meurtrière illusion, baignée de discours lyriques où surnageaient les mots de patriotisme, de liberté et d'indépendance nationale. Miroir aux alouettes à l'éclat violent, brillant comme une gemme de sang dans la nuit des bombardements, des tunnels de Cu Chi, et des caches creusées à même la terre pour mieux tromper l'adversaire. Nul ne se doutait que les combats avec les Français n'étaient rien en comparaison de ceux qui suivraient et plomberaient les routes de mines encore prêtes à exploser trente ans plus tard, gorgeraient la jungle et les cours d'eau de suffisamment de napalm et d'agent orange pour contaminer les vingt générations à venir, coucheraient les corps de centaines de milliers d'hommes, de femmes et d'enfants dans les fosses comme dans un jeu de dominos... Personne n'avait la moindre idée de l'horreur qui se préparait, mais il aurait fallu être aveugle pour ne pas comprendre que jouer du piano en attendant que les choses s'améliorent n'était pas une solution – du moins pour un esprit pragmatique comme celui de Liên.

On offrait pour partir à l'étranger des bourses aux plus brillants éléments scientifiques du pays, c'était un fait, et Liên, qui voyait la léthargie dans laquelle s'installait peu à peu son père, en avait pris son parti. Elle ne pouvait rien dans l'immédiat, à part se donner les moyens de s'en aller chercher fortune ailleurs, mais un jour, elle se l'était promis, elle reviendrait avec assez d'or dans ses poches pour reconstruire la maison au ginkgo, replanter le jardin aux bambous, racheter des commodes de palissandre et des tables incrustées de citronnier, suspendre de nouveaux rideaux de dentelle aux fenêtres, et faire venir d'Europe le plus magnifique des pianos à queue, le Bösendorfer que sa mère avait toujours désiré. Elle se battrait et gagnerait cette course contre l'ordre des choses qui peut-être durerait toute une vie – la sienne.

Liên étudia donc avec assiduité, décrocha une bourse et émigra en France, où elle compléta le financement de ses études en exerçant divers petits métiers, serveuse ou monitrice en centre aéré. Après quelques années d'efforts, elle finit par intégrer une grande école et obtenir à sa sortie un poste de chercheur pourvu d'un salaire suffisant pour permettre à sa famille demeurée sur place de survivre, même si celle-ci se trouvait de plus en plus à l'étroit dans une ferme n'abritant rien de moins que quatre générations tandis que les terres environnantes se voyaient au contraire rétrécies, grignotées, confisquées les unes après les autres par le ou plutôt les gouvernements se succédant avec des idéologies différentes, mais les mêmes effets. Après les Français qui avaient voulu s'approprier la maison au ginkgo étaient venus les communistes qui au nom de l'État confisqueraient champs et vergers, sans rien en faire parfois, sinon des terres en friche. Du moins laisseraient-ils la vie aux grands-parents d'Anna, contents de les réduire à la portion congrue.

La mère d'Anna aida les siens autant qu'elle put, et plus tard alla jusqu'à donner à chacun de ses neveux et petits-neveux de quoi ouvrir un commerce. Elle n'en resta pas là, dotant plusieurs écoles de la région d'équipements, mettant au point un système de bourses pour les étudiants nécessiteux, multipliant les collectes et initiatives caritatives ; si bien que son nom était prononcé dans sa ville natale avec tous les égards qu'on avait eus autrefois pour celui de son père... Pour autant, elle ne considéra jamais avoir tenu la promesse qu'elle s'était faite autrefois. Elle avait beau avoir « réussi », elle avait dans le même temps perdu une des seules batailles comptant à ses yeux. Un combat livré non contre la pauvreté, les préjugés, ou un sort contraire, mais contre le cours de l'Histoire. Les circonstances – la guerre contre les Américains, puis la mise en place de la dictature communiste – avaient rendu son retour au Viêtnam inenvisageable ; son installation en France, de provisoire, s'était prolongée jusqu'à devenir définitive. Liên y avait trouvé un travail lui tenant à cœur et un époux sur qui elle savait pouvoir compter comme sur elle-même. Elle y avait fondé une famille et un foyer. Les années n'avaient fait que cimenter ses attaches, jusqu'à ce qu'elle se rendît un jour à l'évidence : le rêve de ressusciter le domaine de son père, et l'existence qu'elle y avait menée enfant, resterait un rêve.

Liên avait voulu sa route aussi droite que possible, tout entière tendue vers ce but. Quand elle se rendit compte qu'il resterait hors de sa portée, elle s'accorda ce qu'elle s'était toujours refusé jusque-là, même pour un instant, de peur d'y céder à jamais ; elle retourna sur ses pas et songea à ce qu'elle avait laissé sur le bas-côté. Beaucoup de choses qui s'en étaient définitivement allées : la jeunesse, les amis d'enfance, l'insouciance. Et puis d'autres, comme cette passion pour la musique qu'elle avait étouffée, murée au plus profond d'elle-même lorsqu'elle s'était dit qu'elle n'avait plus le droit – ni le temps – de s'y consacrer. Aujourd'hui que ses contraintes comme ses ambitions n'étaient plus les mêmes, elle pouvait y revenir en toute liberté… Quinze ans après l'avoir abandonné, Liên se remit donc au piano. Acheta des partitions. Reprit des cours. S'abonna à toutes les salles parisiennes pour assister à des concerts. Se constitua peu à peu une collection de disques. Retrouva une certaine paix de l'âme en écoutant des heures durant les interprétations de Bach par Glenn Gould, de Ravel et Debussy par Samson François, de Chopin par Horowitz. Et plaça Anna devant un clavier dès qu'elle put tenir sur ses genoux.

Anna disposait de la liberté de choix que sa mère n'avait pas eue, et devait en avoir une conscience aiguë, quand bien même elle ne l'avoua jamais. Disciplinée par habitude ou par hérédité, elle s'appliquait à ses gammes comme sa mère s'était appliquée à ses exercices de mathématiques, comme son grand-père s'était appliqué à gérer ses cultures, comme sa grand-mère s'était appliquée à tenir maison et domesticité lorsqu'elle avait encore l'une et l'autre. Amoureuse du passé par tempérament, Anna exprimait dans sa musique le regret d'un temps qu'elle n'avait jamais connu, rendait hommage à une certaine idée de la grandeur – incarnée par cette maison disparue –, saluait le courage de ses parents et grands-parents comme on s'incline devant quelque chose qui vous dépasse.

« Nous n'aurons jamais connu l'un de l'autre que des photos, avec les paroles de ma mère pour seule légende, m'a dit Anna ce jour où elle m'a ouvert l'autel des ancêtres pour me montrer l'autre portrait de son grand-père. J'entends parler de lui depuis que je suis toute petite, et lui, la dernière personne à laquelle il a pensé avant de mourir, c'est moi. Maman habitait depuis quelques années à Paris quand je suis née, il aurait été logique qu'elle reste auprès de moi et de mon père, cet été où j'étais encore un bébé, et pourtant elle a choisi d'aller auprès de mon grand-père, au Viêtnam. Elle a passé trois semaines avec sa famille, trois semaines avec lui – comme si elle avait senti qu'ils ne se reverraient plus. Elle a agi comme on le fait toujours, elle lui a montré des clichés de moi sous tous les angles, en train de dormir, en train de téter, en train de sourire, et il a paru très fier : il était presque aussi heureux de voir ma mère en chair et en os, m'a-t-elle raconté, que de me voir sur pellicule. Il semblait en parfaite santé lorsque maman est repartie.

Un mois après, il était mort. Il n'était même pas malade ; simplement, un soir, il a embrassé ses enfants, a expliqué à ma grand-mère qu'il se sentait fatigué, s'est retiré dans sa chambre et, lorsqu'elle est allée le rejoindre, elle l'a trouvé allongé sur le lit, le corps déjà raide. Son visage ne portait aucune trace de peur ou de souffrance, et on aurait pu croire que la mort l'avait surpris dans son sommeil si l'on n'avait pas trouvé, déposé avec soin sur le fauteuil près de la table de chevet, le beau costume de soie qu'il portait le jour où il avait posé devant la maison au ginkgo et avec lequel il avait toujours dit vouloir être enterré. Ma grand-mère s'est approchée de lui. Elle s'est penchée, a caressé son front et sa joue, et c'est alors qu'elle a aperçu, serrée dans sa main droite, une photo de moi – une de celles que ma mère lui avait laissées en souvenir, en attendant qu'il puisse me tenir pour de vrai dans ses bras. »

UNE AFFAIRE SONG ?
Par Jean Verne, *Télérama*,
novembre 2008

*Le mythe d'Anna Song, pianiste devenue une véritable icône depuis son décès en juin dernier, est en passe de s'effondrer : il y a trois semaines, un lecteur nous a contactés pour nous informer d'une curieuse expérience dont il a été témoin en voulant transférer sur son iPod un disque de la musicienne qu'il venait d'acheter – les* Variations Diabelli *de Beethoven. Le logiciel iTunes, relié à un catalogue d'environ quatre millions de disques, a aussitôt identifié les titres des morceaux et le compositeur... mais en lieu et place du nom d'Anna Song s'est affiché celui du virtuose italien Mario Cojazzi ! En faisant une recherche sur le Net, notre lecteur a réussi à retrouver l'enregistrement fait par ce dernier pour BAC ; à sa grande stupéfaction, il était pratiquement identique à celui d'Anna Song. Sur la foi de ce témoignage, nous nous sommes procuré un enregistrement des* Variations *par Anna Song et l'avons confié pour analyse approfondie à Clément Rozel, ancien ingénieur du son qui dirige à présent une entreprise de postproduction musicale, Prisma Classica. Il est formel : sur les trente-trois morceaux attribués à Anna Song, vingt-neuf proviennent du disque de Mario Cojazzi. Des manipulations électroniques ont permis de conserver la même tonalité tout en accélérant le tempo à hauteur de 5 % à 12 % par rapport à l'original ; quant aux quatre morceaux restants, ils proviennent eux aussi d'un autre disque, celui de la pianiste américaine Deirdre Olafson, dont les exécutions ont été pareillement reprises et altérées…*

*Mais, avant d'aller plus loin, rappelons qui était Anna Song, à laquelle nous avons rendu hommage dans ces mêmes colonnes à sa disparition, à l'âge de quarante-neuf ans : née dans la banlieue parisienne et aujourd'hui unanimement célébrée, cette artiste d'origine vietnamienne n'a connu la lumière qu'en se retirant dans l'ombre. À l'instar de Glenn Gould, elle quitte la scène jeune – trente-trois ans à peine – et se coupe du monde et de l'establishment musical, qui n'a pas toujours été tendre avec elle, pour se consacrer à l'enregistrement en studio. Mais, contrairement au virtuose canadien, elle ne cherche ni à se débarrasser d'un public encombrant, ni à se lancer dans la quête d'un son dont elle pourrait maîtriser la moindre inflexion ; elle ne fait pas le choix de partir. Seule la maladie – un cancer – la réduit à cette extrémité. Elle n'en consacre pas moins le reste de son existence à la musique, et devient en quinze ans de travail assidu l'auteur d'une centaine de disques couvrant un répertoire extraordinairement étendu.*

*Le jeu de Gould, on le sait, est immédiatement reconnaissable – par l'absence de legato, sa vitesse, ses réglages millimétrés, son caractère analytique, la mise en valeur des articulations. Anna Song, pour sa part, se situe tout à fait à l'opposé : elle évite autant que possible d'imposer sa marque pour faire montre d'une parfaite empathie, se pliant avec naturel au style des différents compositeurs, au point qu'à entendre ses interprétations de Prokofiev, puis de Schubert, on pourrait croire qu'elles sont issues de deux personnes distinctes tant elle semble avoir fusionné avec l'esprit même de leurs œuvres. Liszt, Chopin, Rachmaninov, Ravel, Debussy... Quand Anna Song meurt, plusieurs critiques émerveillés par la quantité comme par la qualité des morceaux enregistrés décident de rendre justice au talent de cette grande dame dont les disques, produits pour le compte du label Piano solo (dirigé par le mari d'Anna Song, Paul Desroches), sont diffusés de façon confidentielle.*

*On considère généralement les prodiges comme des enfants qui témoignent de géniales dispositions en matière d'intuition, de sensibilité et de technique musicales. Avec Anna Song, le cliché se retourne pour donner lieu à un phénomène jamais vu jusque-là : une pianiste à la carrière obscure qui, sur le tard et alors que sa santé est plus que défaillante, manifeste, tel un phénix, un regain extraordinaire de ses dons et de son énergie. Qu'elle ait ultimement réussi à enregistrer, juste avant de mourir, et dans un fauteuil roulant, la* Valse de l'adieu *de Chopin achève de sculpter la statue d'une femme d'exception doublée d'une artiste à la volonté indomptable. Et chaque interview qu'on retrouve d'elle ne fait que confirmer cette idée. Toutes témoignent d'une personnalité charismatique, vive et spirituelle, pertinente et érudite dans ses commentaires sur les compositeurs et leurs œuvres, portée par une foi indestructible en son art.*

*Le culte d'Anna Song s'étend jusqu'à gagner tous les continents. Parmi les amateurs éclairés de la belle, de la grande musique, son nom devient une sorte de mot de passe signalant qu'on se trouve entre gens de bonne compagnie, qui ne se contentent pas d'une banale intégrale de Bach par... Glenn Gould, disons. Rien n'est plus chic, désormais, que de sortir d'un coffret ou d'une étagère une pochette en noir et blanc ornée d'une photo d'Anna Song, et de demander avec nonchalance : « Vous connaissez ? » En cas de réponse négative, on a la joie de raconter l'incroyable histoire de la dame. En cas de réponse positive, on se répand en louanges et en commentaires. Et puis on passe aux affaires sérieuses : tenter de compléter sa collection grâce à un échange d'informations. Car chaque passionné ne rêve que d'une chose, récupérer à tout prix la totalité des œuvres d'Anna Song labellisées « Piano solo ».*

*Dans le même temps, cependant, des rumeurs persistantes envahissent la Toile : des auditeurs se mettent à exprimer des doutes quant à l'authenticité des enregistrements. Où une femme d'un certain âge, bataillant depuis près de vingt ans contre un cancer, a-t-elle trouvé la force de s'attaquer à des morceaux aussi ardus que les études de Leopold Godowsky ? Pour quelle raison son génie n'a-t-il pas éclaté plus tôt ? Comment expliquer qu'elle ait réussi à produire autant de disques, et à exécuter ses performances avec une précision et une vitesse à couper le souffle, tout en subissant opération sur opération ?* Classique magazine*, qui figure parmi les fervents défenseurs d'Anna Song, met fin à ce début de polémique en exhortant les sceptiques à fournir des preuves à même d'étayer leur raisonnement. Aucun n'en est capable, et le débat en reste là – jusqu'à la découverte, inouïe, de notre lecteur.*

*Ce n'est qu'un début, car les* Variations Diabelli *de Beethoven ne sont pas les seuls morceaux qu'Anna Song s'est appropriés aux dépens d'un autre artiste. Clément Rozel a d'ores et déjà déterminé que l'un des véritables auteurs des 54 études de Godowsky d'après Chopin, qui ont fait la gloire d'Anna Song en l'établissant comme la quatrième virtuose* au monde *à les avoir enregistrées dans leur intégralité, n'est rien de moins que Carlo Grante... « On » a resserré le tempo à tel point que le son semble issu d'un autre instrument, mais il suffit d'inverser le processus et l'original est dès lors parfaitement reconnaissable. Qui sait ce qu'il en est pour les concertos de Brahms, les préludes de Rachmaninov, les études de Chopin, les œuvres de Scarlatti, Schubert, Ravel, Messiaen ? Le travail de vérification des sources s'annonce considérable. Les révélations de Clément Rozel ouvrent en effet la porte à tous les possibles, et à toutes les interrogations. Tous les disques d'Anna Song – cent deux, rappelons-le – sont-ils des faux ? A-t-elle pillé, avec la complicité de son mari, des centaines de pairs, se constituant une discographie comme aucun pianiste n'en a même rêvé, et se vengeant du même coup de l'oubli et de la négligence dans lesquels elle était tombée ? Mais alors pourquoi toucher à un répertoire parfois très pointu, ou encore prendre le risque d'éditer des concertos, par définition beaucoup plus difficiles à maquiller ? Et comment expliquer que tant de monde, y compris les professionnels les plus reconnus, se soit laissé berner ? que la supercherie n'ait pas été dévoilée plus tôt ?*

*Seul le temps, qui permettra de passer chacun des enregistrements au crible, pourra fournir des éléments de réponse. Il faudra plusieurs mois pour examiner la totalité d'entre eux et établir ce qu'ils doivent ou non à Anna Song, mais il paraît clair que plusieurs des performances les plus acclamées de l'artiste ont été volées à d'autres musiciens et maisons de disques. Contacté par nos soins, Paul Desroches, qui dit avoir produit l'ensemble des enregistrements de sa femme, s'est révélé incapable d'expliquer ce qu'il a qualifié de « curieuses similitudes », se contentant de nous assurer que tous les disques étaient authentiques et que les analyses de son « propre expert » le prouveraient. Affirmation quelque peu fragilisée par le silence obstiné qu'il conserve depuis deux semaines... Nous sommes d'évidence à l'orée d'un scandale sans précédent, qui risque fort de mettre à mal la mémoire de celle qu'on a surnommée, les derniers temps de son existence, « la plus grande pianiste vivante dont personne n'a jamais entendu parler ».*

Le souvenir : ce qui reste à ceux qui ont le temps, qui ont le choix. Anna et moi avions chacun nos morts, et cela ne nous empêchait nullement de vivre dans le souvenir – le fantasme – de ce qui avait été. À cet égard, nous nous ressemblions, tous deux calmes, réservés, et nostalgiques. Mais j'étais un enfant éteint, étourdi par la disparition de ceux dont j'avais imaginé qu'ils seraient toujours là, veillant sur ma petite personne qu'il neige ou qu'il vente, que la terre tremble ou que le ciel brûle. Anna, au contraire, était forte. Son allure fragile dissimulait une volonté plus dure à briser qu'une lame d'acier. En elle brillait le désir d'accomplir de grandes, de belles choses. Une flamme l'illuminait dès qu'elle s'adonnait à la musique ou me parlait de l'empire fugitif sur lequel avait régné son grand-père et que sa mère avait espéré ressusciter. Elle était portée par une énergie que j'avais perdue, à moins que je ne l'aie jamais eue. J'étais un doux rêveur ; elle poursuivait un rêve qu'elle s'était promis de réaliser, devenir une artiste reconnue puisqu'elle avait le talent et la ténacité nécessaires, et aucun obstacle à affronter qui fût comparable à ceux qui avaient barré la route de ses parents et grands-parents, les forçant à renoncer à leurs aspirations. Anna était à sa juste place face à son piano. La musique, qui lui était aussi nécessaire que l'air que nous respirions, l'emplissait d'un bonheur intense, où la joie se mêlait au sentiment du devoir non pas accompli, mais en passe de l'être : Anna voulait se montrer digne de ceux qui l'avaient précédée. Je ne voulais rien d'autre que demeurer auprès d'elle.

Mon vœu fut exaucé pour les deux ans qui suivirent. Deux ans durant lesquels ma vie s'est déroulée au rythme de mes visites chez Anna. En évoquant l'histoire de sa famille, qui participait du charme mélancolique qui émanait d'elle, elle m'a fait entrer dans son univers. Cela faisait déjà un moment que nous allions à l'école ensemble, en revenions ensemble, goûtions ensemble, faisions nos devoirs ensemble – que nous riions, discutions ou gardions de pair le silence. Mais les confidences d'Anna, auxquelles ont répondu les miennes, ont marqué une nouvelle étape dans nos relations. Il me semblait parfois avoir troqué l'héritage que mes parents n'avaient pas eu le temps de me transmettre contre le sien, comme si endosser la mémoire de personnes inconnues offrait un exutoire à mon chagrin, tout en me rapprochant de l'une des seules personnes qui me soient chères. Nous nous quittions avec tant de répugnance, Anna et moi, que ma grand-mère en est venue à nous surnommer « les inséparables », en référence à ces oiseaux dont on dit qu'ils ne peuvent vivre qu'en couple.

J'aimais beaucoup la grand-mère d'Anna. Son pas silencieux, son élégance, les soins dont elle nous entourait tous deux. Le muet apprentissage qu'elle nous prodiguait dans sa cuisine. Après les pâtés impériaux, elle nous a enseigné la confection de beignets à la farine de lotus fourrés d'un mélange de porc et de crevettes. Tout s'est passé par gestes, sans qu'Anna ait eu besoin de traduire : sa grand-mère nous a montré comment faire la pâte et la travailler pour la rendre aussi lisse que possible, avant de la disposer en petits tas compacts qu'elle étalait jusqu'à ce qu'ils prennent la forme de disques d'une blancheur opaline. Elle déposait alors une boule de farce en leur centre, repliait les bords, puis donnait à la petite bourse obtenue l'aspect d'une rose, sculptant cœur et pétales grâce à... une pince à épiler. Sur chacune des fleurs-beignets, qui à la fin de la matinée se comptaient par dizaines, elle nous laissait le soin de déposer une gouttelette d'un élixir transparent tiré d'un flacon sorti du placard aux condiments : le *ca cuong*, une essence extraite des scorpions d'eau, extrêmement précieuse du fait de sa rareté, parfumait subtilement ces bouchées. C'était la dernière touche avant la cuisson à la vapeur dans un immense faitout garni de papier sulfurisé. Frémissants d'impatience, nous respirions avec délectation l'odeur des beignets, qui courait dans toute la maison. Mme Thi nous appelait dès qu'ils étaient prêts et nous en dévorions trois ou quatre tout chauds tandis qu'elle en enveloppait pour ma grand-mère. Ils étaient si moelleux, si fondants qu'il m'arrivait de fermer les yeux plusieurs secondes durant pour mieux me concentrer sur leurs saveurs mêlées.

Les leçons de cuisine de Mme Thi restaient bien plus rares, cependant, que les leçons de piano destinées à Anna, auxquelles j'assistais régulièrement. J'adorais l'observer faire ses gammes ou travailler la position de ses doigts, de ses poignets et de ses épaules. Pour moi, il n'y avait pas d'un côté les coulisses ingrates, avec le pénible déchiffrage, les répétitions incessantes, les mesures vingt fois reprises, et de l'autre le résultat final, présenté en tenue de soirée devant un public ébloui. Cela faisait partie d'un tout, et ce tout était Anna. Anna trébuchant sur une invention à trois voix de Bach pareille à un patchwork de notes décousues ; s'essayant à dégager des motifs qui se faisaient écho, se réfléchissaient, s'assemblaient ; entrelaçant main droite et main gauche pour révéler le chant à la fois créé et caché par elles, la fameuse troisième voix qui ne se donnait à entendre qu'après des semaines de labeur.

C'est avec Anna que j'ai appris à aimer la musique. Non que je ne l'aie pas aimée immédiatement, d'instinct, comme j'avais aimé mon amie elle-même, les deux étant indissociables dans mon esprit ; mais, sans les lumières d'Anna, elle serait restée quelque chose d'aussi impénétrable qu'un de ces bois enchantés qui peuplent les contes de fées, où l'on est assuré de s'égarer après quelques pas. Heureuse de voir que son amour du piano semblait partagé, Anna a donné une structure à ce qui n'était qu'une vague attirance en puisant dans la collection de sa mère pour me faire découvrir les plus grands compositeurs et musiciens, d'Artur Schnabel à Vladimir Horowitz, de Samson François à Sviatoslav Richter, de Martha Argerich à Alfred Brendel. Nous nous installions sur le tapis de la chambre de la mère d'Anna, et allumions la chaîne hi-fi. Suivant son humeur, les enceintes diffusaient plusieurs œuvres du même compositeur, de compositeurs ayant des parentés – Ravel et Debussy par exemple – ou bien la même œuvre jouée par différents artistes, dont Anna m'exposait en quelques commentaires les différences d'interprétation et de style. Progressivement, et presque sans m'en apercevoir, j'ai acquis à son contact des notions de solfège et d'histoire de la musique, appris à hiérarchiser mes préférences, à former mon goût, à *saisir* ce que je m'étais contenté jusque-là d'apprécier de loin.

Anna devait elle aussi beaucoup à l'écoute intensive de sonates, valses, mazurkas, préludes, ballades, nocturnes, concertos... C'est sa mère, me dit-elle, qui l'avait initiée au piano, d'abord en lui passant et repassant des disques alors qu'elle était encore un bébé, puis en l'habituant, quand elle put tenir sur la banquette, à reproduire de mémoire les rythmes et les mélodies qu'elle lui jouait, assise à ses côtés. De l'enchaînement de quelques phrases, mère et fille étaient bientôt passées à Mozart, Chopin, Bach, Schubert, un répertoire pratiqué par

Anna jusqu'à ce qu'elle n'ait même plus besoin de penser pour l'exécuter à la perfection ; combiner notes, nuances et silences était devenu aussi naturel pour elle que parler. La technique et le travail proprement dits étaient venus s'ajouter à une facilité et une dextérité hors du commun : Anna pouvait sur demande livrer une douzaine de versions d'une pièce pour piano, dont elle déstructurait et restructurait les harmonies avec une égale aisance, développant les accords en arpèges et n'hésitant pas à quitter la partition pour y glisser des improvisations qui s'y intégraient comme par magie. Elle supprimait ou au contraire ajoutait des fioritures – dans un joyeux et baroque ballet de trilles, de mordants et de gruppetti – et maniait le staccato et le legato comme un acteur module ses attitudes et ses intonations pour correspondre aux souhaits du metteur en scène désireux de faire ressortir le désespoir, l'ambiguïté ou la folie de son personnage.

Souvent, elle accompagnait d'anecdotes les morceaux qu'elle jouait ou me faisait écouter. Après une sonate de Scarlatti, elle racontait que ce dernier en avait écrit cinq cent cinquante-cinq et, pour la plupart, lorsqu'il avait entre cinquante-sept et soixante-deux ans : il avait connu sa plus grande période de créativité au soir de son existence. Ou alors elle posait la partition du prélude de Chopin si justement intitulé *Suffocation* sur le chevalet et m'en expliquait la genèse, le compositeur réfugié dans une chaumière à peine chauffée de Majorque, l'hiver si froid qu'on découvre au petit matin des cadavres de moineaux tombés raides morts des branches où ils s'étaient perchés durant la nuit, les conflits incessants avec son grand amour d'alors, l'écrivain George Sand, la santé qui s'en va comme une chemise usée, avec les premiers symptômes d'une tuberculose bientôt fatale... Puis, tout en cherchant une version du *Concerto pour la main gauche* de Ravel, elle précisait que cette partition n'aurait jamais existé sans Paul Wittgenstein, talentueux et richissime pianiste, frère aîné du philosophe, auquel la Première Guerre mondiale avait pris son bras droit. Refusant de céder au désespoir et désireux de poursuivre une carrière des plus brillantes, il avait arrangé des morceaux de manière à pouvoir les jouer de la seule main gauche, et passé commande de pièces écrites en ce sens auprès des plus grands, Benjamin Britten, Paul Hindemith, Erich Wolfgang Korngold, Richard Strauss, Sergueï Prokofiev... et Maurice Ravel, donc, dont il créa le *Concerto* en y apportant tant de modifications et de simplifications, sans doute pour mieux l'adapter à ses capacités, que les deux hommes se brouillèrent à jamais – l'auteur du *Boléro* considéra avoir été purement et simplement trahi. Quels que soient ses défauts, Wittgenstein avait en tout cas permis de constituer un répertoire pour pianistes privés de main droite, qui profita à nombre de musiciens, du Japonais Minoru Murakami, paralysé depuis une attaque d'apoplexie en plein concert, à l'Allemand Karl Wachter, incapable de jouer à cause d'une coupure supposée bénigne qui s'infecta de manière effroyable.

Anna aimait les belles histoires et savait les transmettre. Et, de la même façon qu'elle était douée d'un jeu qui mettait particulièrement en valeur les compositions de Bach alors que c'était la musique de Ravel qui l'émouvait, elle professait une admiration sans bornes pour Samson François, dont elle écoutait avec un enthousiasme sans cesse renouvelé le *Gaspard de la nuit*, mais c'était pour Glenn Gould qu'elle éprouvait un attachement puissant, qui n'avait pas de lien véritable avec son jeu. Elle pouvait parler des heures de celui qui, après une enfance de petit prodige, avait quitté la scène publique à trente-deux ans, au sommet de la gloire, pour se consacrer à des enregistrements en studio encadrés de rites indéfectibles nécessitant des piles de serviettes (avant de jouer, il plongeait ses mains dans de l'eau chaude vingt minutes durant), cinq sortes de pilules, deux grandes bouteilles d'eau, un système de chauffage réglé au millimètre (Gould exigeait une température ambiante invariable dans la salle où il jouait), et enfin son siège fétiche, qui le suivait partout depuis que son père le lui avait fabriqué à partir d'une chaise pliante aux pieds sciés, et dont le grincement, audible sur chacun de ses morceaux, était devenu sa signature musicale tout comme son habitude de fredonner tout en jouant. Glenn Gould qui communiquait uniquement par téléphone, mangeait le même repas tous les jours et s'habillait même en été de couches de vêtements superposées auxquelles il ajoutait manteau, chapeau, écharpe et gants. Glenn Gould dont l'existence s'était pliée en deux, comme une feuille de papier, du moment où il avait décidé de renoncer aux concerts publics... Un détail avait frappé Anna au sein de la forêt d'excentricités où il évoluait : il avait réalisé des documentaires radio sur le pôle Nord, des fugues composées non plus de lignes mélodiques mais de voix humaines, issues d'interviews réalisées sur place, qu'il découpait et collait avec les mêmes effets de contrepoint que pour une partition. Des fugues qui étaient comme le miroir de la sienne, de son désir de disparaître du monde. Il les avait réunies sous le titre de *Trilogie de la solitude*, et les considérait comme son ouvrage le plus autobiographique, le plus intime, car elles exprimaient plus qu'aucune autre son aspiration à vivre loin de tout et de tous.

Sans doute le Viêtnam tenait-il un peu pour Anna la place que le pôle Nord occupait chez Gould, un pays peuplé de visages sans noms et de noms sans visages, un territoire mystérieux et attirant auquel elle était intimement liée sans y avoir jamais été, où elle se reconnaissait parce qu'il n'était pas tant une réalité qu'une idée, un rêve vers lequel elle tendait tout en sachant qu'elle ne l'atteindrait jamais, et qui lui permettait de donner à sa musique une force étrange, faite de beauté et de douleur mêlées. En entendant le mot « Viêtnam », Anna imaginait les plages de Nha Trang et la mer polie par le soleil, la cascade de la Fée où sa mère aimait à pique-niquer enfant, son père apprenant à faire du vélo dans les rues poussiéreuses de Saigon, pieds nus faute de pouvoir s'offrir des sandales, la rivière des Parfums bordée de tombeaux impériaux, et le piano à queue dans la pénombre de la maison au ginkgo. Visions aux contours flous mais lumineux, qui planaient sur elle tandis qu'elle se tenait face au clavier, le dos droit, reprenant dix, quinze, vingt fois les mêmes passages sous le regard de son grand-père maternel.

De même que la vie avec mes parents m'avait semblé éternelle, je n'avais pas imaginé que celle avec Anna devrait un jour prendre fin – je n'avais pas encore compris cette règle qui veut que ce sont toujours les êtres auxquels on tient le plus qui s'en vont. Nous allions sur nos douze ans lorsque les parents d'Anna décidèrent de déménager, non seulement pour une autre ville, mais aussi pour un autre continent, l'Amérique, où un poste attendait la mère d'Anna. Mon amie me l'a annoncé le dernier jour avant les vacances, tandis que nous prenions notre traditionnel goûter chez elle. J'ai été tellement saisi par la nouvelle que je suis resté incapable d'articuler le moindre mot, et même de faire entendre le moindre son. Ma tête s'est vidée de toute pensée, comme si j'avais reçu un violent choc électrique. Je m'étais préparé avec difficulté à une séparation de deux mois qui me semblait déjà une éternité, et voilà qu'Anna, de sa voix douce, me dévastait...

« Je voudrais te montrer quelque chose », m'a-t-elle alors dit tout en se levant de sa chaise. Elle s'est dirigée vers l'autel des ancêtres et je l'ai suivie d'un pas de somnambule tandis qu'elle faisait glisser un panneau coulissant et dévoilait cinq photos d'hommes et de femmes vêtus de robes de soie et portant une coiffe de satin qui leur dégageait le front. « Du côté de ma mère, tous, à part mon grand-père, sont encore vivants. C'est pour ça qu'il n'y a pas d'autre portrait que le sien de ce côté de l'autel. Ma grand-mère habite toujours là-bas, dans la ferme, avec mon oncle qui s'occupe de ce qui reste de la plantation, ma tante, qui tient une boutique de tissus, et tous mes cousins et cousines. Du côté de mon père, en revanche, ma grand-mère, que tu connais, est la seule qui soit encore de ce monde... Ce sont ses parents, ses beaux-parents, et son mari. » Un reflet, à ce qu'il semblait, m'empêchait de voir ce dernier, et je me suis donc reculé pour me rendre compte qu'il n'y avait aucun effet d'optique. Le cadre était bien vide – le filet doré entourait un espace blanc, à peine marqué, et encore fallait-il l'observer avec attention, de fines traces grises où il était impossible de distinguer les traits d'aucun visage.

Il ne restait rien d'autre du grand-père paternel d'Anna, paysan pauvre qui louait ses bras à qui voulait, et s'était constitué un petit patrimoine à force de labeur : il avait acquis des rizières fertiles, une maison, une basse-cour, quelques têtes de bétail, un buffle à la robe lustrée et à l'encolure vigoureuse. Marche après marche, il s'était hissé jusque dans la frange la plus aisée du village du Nord où il habitait avec son épouse et ses deux fils. Sa réussite et son bon sens plein de cordialité avaient gagné le respect de ses voisins, qui s'étaient habitués à solliciter son jugement sur les affaires courantes. Mme Thi, qui avait été son amour d'enfance avant de devenir son épouse, était alors une jeune femme aux cheveux noirs et aux yeux vifs, qui riait haut, travaillait dur, et veillait sur son petit dernier avec un soin farouche, car c'était un garçon de constitution fragile, totalement dépourvu de souffle et d'endurance, contrairement à son aîné qui à dix-sept ans semblait presque un homme fait – à tel point qu'il décida de s'engager dans la guerre contre les Français. Il mourut lors d'une attaque éclair, moins d'un mois après : il avait pris en charge l'évacuation de toute une commune dans une enfilade de grottes afin de protéger la population d'un bombardement. Il avait demandé à un camarade de guider les uns et les autres tandis qu'il fermait la marche afin d'aider les vieillards et ceux qui avaient du mal à se déplacer. Il les avait presque tous fait se glisser dans la caverne quand une bombe à hameçons avait éclaté près de l'entrée. Faisant écran de son corps pour empêcher le refuge d'être atteint, il avait été transpercé de part en part et s'était écroulé, le dos et la nuque hérissés d'éclats de fer.

Son père le suivit de près dans la tombe : les cérémonies de deuil s'étaient à peine achevées que le nouveau régime lançait une vaste réforme agraire sur le modèle de la Chine – avec les mêmes ravages. Accusé d'être un grand propriétaire, un exploiteur du peuple, un suppôt du capitalisme, le grand-père d'Anna fut battu et torturé par des envoyés du parti désireux de faire un exemple, puis exécuté devant les mêmes voisins qui lui avaient témoigné tant d'amitié quelques mois plus tôt et n'avaient pas hésité un seul instant à le condamner... La mort patriotique de son fils n'avait pas suffi à le sauver, pas plus que son innocence – son ignorance, à dire vrai – des crimes dont on l'accusait. Il laissa derrière lui une veuve et un enfant désespérés, démunis, et pour tout souvenir un cliché que le temps et l'usure, à force de fuites dans des conditions toujours plus difficiles, réduisirent à l'état de rectangle nu. Dépossédés de leur maison et de leurs terres, Mme Thi et son fils tombèrent dans le dénuement, puis l'indigence. Personne, de peur d'être considéré comme un réactionnaire, n'osait leur venir en aide ; obtenir même une poignée de grains de riz pour ne pas mourir de faim était devenu une gageure. Après bien des misères, ils réussirent heureusement à fuir et à trouver asile chez des cousins de Saigon. Travaillant d'arrache-pied, Mme Thi constitua un pécule qu'elle compléta en empruntant ici et là pour ouvrir une boutique de couture. Elle rencontra un certain succès et, dès qu'elle eut rassemblé assez d'argent, elle fit appel à un passeur afin de rejoindre de nuit avec son fils un bateau de fortune qui, ils l'espéraient, les amènerait quelque part où ils pourraient tout recommencer.

Une fois à bord, elle avait longtemps gardé les yeux fixés sur la côte à peine visible dans l'obscurité – une ombre dans l'ombre, noire sur fond noir. Elle avait du mal à détacher le regard de cette terre qu'elle quittait, qui avait été la sienne et ne le serait plus ; elle avait beau avoir versé au passeur des économies acquises avec beaucoup de peine dans le seul espoir de partir, elle sentait qu'elle abandonnait là tout un pan de sa vie, une part d'elle irrémédiablement perdue, comme ces glaciers qui sous l'effet du réchauffement planétaire se détachent soudain de la banquise pour dériver indéfiniment avant de fondre et de disparaître – à croire qu'ils n'ont jamais existé. Mme Thi et son fils avaient failli ne pas survivre à la traversée. Celle-ci, deux fois plus longue que prévu, avait rapidement épuisé leurs réserves en eau et en nourriture. Ils avaient été forcés de jeter tout ce qu'ils avaient emporté par-dessus bord lorsqu'une tempête avait manqué les faire chavirer, et pas une seule journée ne s'était écoulée sans qu'ils aient craint d'être attaqués par les pirates qui sillonnaient les eaux afin de dépouiller les réfugiés, assassinant et violant tour à tour ces hommes, ces femmes et ces enfants désarmés, affaiblis par le jeûne et la fièvre, qui constituaient pour eux des proies rêvées.

Oui, tout le voyage n'avait été qu'une torture, une équipée sans fin au sein d'une vaste étendue de feu et de sel où le temps et l'espace semblaient s'être dilatés. Et pourtant il y avait eu des moments étrangement sereins, à certaines heures du jour où le ciel et la mer semblaient confondus, si bien que Mme Thi et son fils se demandaient parfois s'ils voguaient sur l'un ou sur l'autre car ils se trouvaient littéralement au milieu de nulle part, avec la mer à perte de vue et le sentiment de poursuivre leur route sans plus savoir d'où ils étaient partis, ni quelle était leur destination, pris dans une mystérieuse zone d'entre-deux où ils auraient tout aussi bien pu se dissoudre. C'étaient des moments où la fatigue était si profonde qu'elle abolissait l'angoisse, où la lassitude, l'ennui de ne rien voir venir au milieu de ces eaux moirées par le soleil vous plongeait dans un état quasi végétatif qui en ces circonstances extrêmes n'était pas si éloigné qu'on aurait pu le croire d'une forme de bonheur... Alors Mme Thi songeait à son époux et sentait ses forces faiblir, sa résolution plier comme un roseau sous le vent ; pourquoi lutter, après tout, pourquoi prendre sur soi et supporter le fardeau de vivre alors qu'elle pouvait tout simplement le rejoindre ? Ç'aurait été tellement plus reposant que de devoir se battre sans avoir aucune idée de ce qui vous attendait, et s'obstiner dans cette traversée qui durait depuis si longtemps qu'elle lui semblait n'avoir pas eu de début et n'avoir jamais de fin, comme si ce bateau avait quitté non seulement le Viêtnam mais le monde des vivants, comme si tous autant qu'ils étaient évoluaient à présent dans une dimension intermédiaire, une antichambre de la mort sans doute familière à son mari, condamné à une éternelle errance parce qu'il n'avait pas reçu de véritable sépulture...

Dans ces instants d'épuisement où ses pensées flottaient comme des débris de bois sur l'eau, Mme Thi n'était pas loin de renoncer, et elle aurait renoncé d'ailleurs s'il n'y avait eu son fils, la vie de son fils, l'avenir de son fils ; elle aurait baissé les bras pour retrouver l'homme qu'elle aimait et cet autre enfant, ce garçon mort au seuil de l'âge adulte, heureuse de connaître enfin la paix. Oui, s'il n'avait pas fallu veiller sur le père d'Anna, le protéger des brûlures du sel et du soleil qui mettaient sa peau à vif, lui faire absorber quelques grains de riz et un peu d'eau pour le faire tenir un jour de plus, montrer une confiance impavide pour fortifier son courage, elle se serait laissée aller et tout se serait arrêté. Seulement lui était là, il avait besoin d'elle, elle en avait conscience de même qu'elle avait conscience que son mari n'aurait pas voulu qu'elle abandonnât, elle avait donc continué et, plus chanceux malgré tout que bien d'autres avant et après eux, ils finirent par s'en sortir : ils croisèrent la route d'un cargo français qui les recueillit et leur permit de gagner sains et saufs ce qui devint leur nouvelle patrie...

Le père d'Anna, alors adolescent, s'était remarquablement adapté – avoir survécu à pareille épreuve vous rendait capable de tout et même au-delà. Il avait appris le français en six mois, rattrapé son retard scolaire, obtenu une bourse, intégré une école d'ingénieurs. Un métier pour lequel il n'avait pas de goût particulier, mais qui avait l'avantage d'être assez rapide à maîtriser, stable, et d'assurer confortablement sa subsistance et celle de sa mère. C'est à cette époque qu'il avait rencontré, chez des amis communs, la mère d'Anna, et que tous deux s'étaient mariés. Du passé, comme semblait le suggérer le cadre blanc posé sur l'autel des ancêtres, ne restait plus rien. Le village du Nord où le grand-père d'Anna avait passé toute son existence fut rayé de la carte lors d'un bombardement. La maison, les rizières et les bêtes retournèrent à la boue, et les circonstances ôtèrent à Mme Thi jusqu'à son alliance, extorquée par le passeur en complément de la somme reçue. Si le grand-père maternel d'Anna était le symbole d'un mirage qui s'était un instant incarné avant de s'évanouir, son grand-père paternel n'était que l'ombre d'une ombre, une victime parmi des milliers d'autres d'une Histoire qui l'avait envoyé dans les fosses de l'oubli d'un mouvement désinvolte, sans lui laisser l'honneur d'une note de bas de page. Égaré quelque part dans les plis du temps, il avait été pour ainsi dire effacé du monde – avalé par le silence entourant tous ceux qui, comme lui, étaient morts sans que personne sache pourquoi. Ne demeurait pas une seule trace, pas le moindre témoignage du fait qu'il avait un jour été – à part dans la mémoire d'une vieille dame au chignon retenu par une barrette de jade.

Mme Thi, qui honorait à intervalles réguliers le souvenir de l'homme qu'elle avait aimé de prières et d'offrandes, n'avait jamais oublié son époux, pas plus que la mère d'Anna n'avait oublié son père ou la maison au ginkgo. Pas plus, m'a assuré mon amie, qu'elle-même et moi ne nous oublierions. Je comptais bien trop pour elle et, quels que soient le temps et la distance entre nous, le souvenir de tout ce que nous étions l'un pour l'autre continuerait à vivre. Et puis, a-t-elle ajouté, notre séparation ne durerait pas toujours ; nous nous écririons, ses parents reviendraient, et elle avec eux ; nous nous reverrions. Ce n'était qu'une question de mois, de semaines peut-être... Je ne disais toujours rien, la gorge serrée par le chagrin. Alors elle a pris ma main et j'ai senti ses doigts légers comme un souffle, la tiédeur de sa paume dont la chaleur s'est diffusée dans mon bras avant de gagner mon épaule et mon torse. Mon cœur s'est mis à battre de plus en plus fort. De plus en plus vite. « Je te le promets », a-t-elle répété. Je me suis tourné vers elle, tandis que le sang pulsait dans mes tempes. Mais elle, ne me regardait pas : son visage restait levé, tendu vers la figure absente de son grand-père. Son silence a rejoint le mien, et l'a comme redoublé. Et le jour s'est assombri tandis que nous continuions de nous taire, les mains unies.

## L'« ANNAGATE » : UN SCANDALE PLANÉTAIRE

Par Julian Bell, *Vanity Fair*, décembre 2008

*L'histoire semblait presque trop belle pour être vraie : à l'automne de sa vie, près de deux décennies après son dernier concert public, la pianiste française d'origine vietnamienne Anna Song est redécouverte par des musiciens et critiques clamant que ses interprétations égalent, voire surpassent, celles des plus grands virtuoses du XX^e^ siècle. Quand elle décède en juin dernier, à quarante-neuf ans, d'un cancer, la machine médiatique s'emballe et les admirateurs se répandent en louanges dans les journaux, à la radio et à la télévision, rendant enfin hommage à une artiste privée de la reconnaissance qui aurait dû lui revenir depuis longtemps : dans* Le Monde de la musique *daté du 17 juillet 2008, le critique Julien Sembet s'extasie ainsi sur « l'une des plus grandes artistes que la France ait jamais vu naître ».*

*Julien Sembet et bien d'autres, à ce qu'il semble, ont accepté sans peine l'explication pour le manque de renom de leur nouvelle idole auprès des connaisseurs : une longue bataille contre la maladie qui l'a obligée à mettre fin à sa carrière de concertiste pour consacrer toute son énergie à l'enregistrement en studio des œuvres phares du répertoire pour piano sous l'égide d'un petit label, Piano solo, dirigé par son mari Paul Desroches. Plus de cent CD d'une qualité exceptionnelle ont résulté de cet immense effort et, à la mort d'Anna Song, leur cote a flambé, tandis que la réputation posthume de leur auteur s'étendait sur le monde entier…*

*L'histoire semblait presque trop belle pour être vraie, disais-je. Et, de fait, la mémoire d'Anna Song est aujourd'hui entachée d'une grave accusation d'escroquerie : plusieurs des enregistrements qui ont fait sa gloire n'étaient pas d'elle. La dame n'était pas exactement une faussaire – elle n'a pas enregistré la* Sonate n° 2 *de Chopin avant de la faire passer pour un enregistrement perdu de Vladimir Horowitz – mais une plagiaire : l'hebdomadaire français* Télérama *a montré, preuves à l'appui, que plusieurs des interprétations d'Anna Song n'étaient rien d'autre que des copies électroniquement modifiées – le tempo en était tantôt ralenti, tantôt accéléré – d'enregistrements des mêmes morceaux par d'autres pianistes. « Depuis que nous avons publié le reportage, nous recevons des messages d'un peu partout dans le monde exprimant des doutes sur d'autres disques attribués à Anna Song, a déclaré Jean Verne. L'enquête ne fait que commencer, et prendra sans doute un certain temps, car les technologies numériques d'aujourd'hui, très perfectionnées, permettent d'étirer ou de comprimer toutes sortes de fichiers sonores sans en modifier la tonalité... »*

*Dans son article, Verne révèle que l'ingénieur du son Clément Rozel, qui a comparé l'enregistrement des* Variations Diabelli *de Beethoven avec une version, antérieure, de l'Italien Mario Cojazzi, a pu constater que les ondes sonores étaient identiques pour vingt-neuf des trente-trois pistes, les quatre autres devant tout à une pianiste américaine, Deirdre Olafson. Rozel, qui dirige une petite compagnie, Prisma Classica, basée dans le Sud-Est de la France, a depuis créé une page Web (www.prismaclassica.com/SongHoax.html) où l'on peut écouter plusieurs morceaux dont Anna Song prétendait être l'auteur comme ceux des artistes qu'elle a dépouillés. On y retrouvera ainsi trois de « ses » enregistrements des études de Godowsky d'après Chopin, que l'on doit en réalité à Carlo Grante, Marc-André Hamelin et Ian Hobson.*

*Ces révélations ont consterné tous ceux qui avaient contribué à ériger un culte à Anna Song. Le critique Gérard Manzel, un des soutiens de la première heure de la musicienne, que nous avons joint vendredi dernier par téléphone, avoue ainsi que, s'il est l'un des rares, dans le monde de la musique, à l'avoir rencontrée face à face, il n'a effectivement assisté à aucune de ses séances d'enregistrement, et ne l'a jamais vue jouer. Il ne lui est à aucun moment venu à l'idée qu'Anna Song lui avait peut-être menti tout au long de l'entretien et n'avait (qui sait ?) jamais été dans ce studio dont elle lui parlait avec tant de fougue. « Pourquoi me serais-je méfié ? Elle avait eu une carrière de concertiste, joué dans des salles reconnues et fait deux disques avant de se retirer – ils étaient certes épuisés, mais bel et bien recensés dans le catalogue de la maison qui les avait produits... »*

*On ne sait pas encore dans quelles proportions l'héritage discographique d'Anna Song est concerné : il n'est pas à exclure, en effet, qu'elle ait commencé à enregistrer avant que ses forces l'abandonnent, et que la substitution des versions issues d'autres confrères et consœurs ne soit intervenue que plus tard, lorsqu'elle s'est vue trop affaiblie par la maladie... À moins que l'aventure n'ait été d'emblée une opération destinée à duper les critiques, qui ne lui avaient jamais prêté aucune attention. Son mari Paul Desroches est la seule personne qui pourrait apporter des éclaircissements sur cette affaire. Mais il est injoignable depuis plusieurs semaines, ne répondant ni au téléphone, ni aux mails. Jean Verne dit lui avoir parlé juste avant de publier son article : « Il s'est montré charmant, sans pouvoir pour autant cacher son trouble. Il n'a rien trouvé à répondre à mes questions. À mon avis, il doit se sentir acculé. Il faut dire que le scandale est abominable – une gifle magistrale pour toute la profession. Le plus étonnant, c'est que, si tout cela a été rendu possible par la technologie électronique, c'est cette même technologie, un peu plus avancée, qui l'a dévoilé. La machine a réussi là où l'oreille humaine avait échoué et, sans iTunes, nous en serions encore à nous extasier sur les disques d'Anna Song. Quelle leçon pour nous !... »*

*Généralement, les pianistes victimes d'Anna Song ne figuraient pas parmi les plus célèbres (même s'ils l'auraient mérité, à voir les recensions dithyrambiques que la pianiste a reçues en leur nom). On doit ses mazurkas de Chopin à Eugen Indjic, ses pièces de Messiaen à Paul S. Kim, ses préludes de Rachmaninov à John Browning, ses « brillantes » études de Chopin à Yuki Matsuzawa, ses « subtiles »* Variations Goldberg *à Roger Muraro. La liste s'allonge au fur et à mesure que les analyses (au nombre de vingt-cinq, pour l'heure) sont effectuées ; outre Clément Rozel, plusieurs instituts se sont attelés à la tâche. Pas un seul enregistrement original d'Anna Song n'a encore été découvert.*

*Si certains facteurs ont retardé le dévoilement de la mystification (la plupart des titres choisis par la musicienne avaient déjà été enregistrés des centaines de fois, et plusieurs des artistes dont elle a volé le travail étaient, comme on l'a vu, peu connus), d'autres auraient dû avoir l'effet inverse. Comment expliquer, par exemple, que les concertos n'aient éveillé aucun soupçon ? Les pochettes des CD indiquaient que l'orchestre travaillant avec Anna Song était un mystérieux « National Philharmonique-Symphonique » dirigé par un certain Dimitri Makarov. Chaque fois qu'on l'interrogeait à ce propos, Paul Desroches arguait qu'il s'agissait d'un ensemble composé de Polonais émigrés et que Dimitri Makarov était le pseudo d'un homme qui, brisé par une déportation au Goulag, souhaitait pratiquer son art de façon anonyme... Raison pour laquelle – prétendait Paul Desroches – il était impossible de contacter Dimitri Makarov, ni aucun membre dudit orchestre.*

*Dans un premier temps, les journalistes ont accepté sans sourciller ces affirmations : dans un article des plus élogieux sur l'exécution par Anna Song du troisième concerto de Rachmaninov, un critique de* Musika *la compare aux versions de Byron Janis et de Martha Argerich, déclarant que la musicienne « reçoit un extraordinaire soutien » de l'orchestre et de son chef, et « qu'il importe peu de savoir de qui il s'agit, du moment que leur jeu est puissant et précis ». Mais à vrai dire connaître leur nom véritable eût mieux valu, car il s'agissait tout bonnement du Philharmonique de Londres dirigé par Esa-Pekka Salonen ! Quant à la comparaison entre Song et Janis et Argerich, elle n'était pas si fantaisiste : le musicien réel n'était rien de moins que le génial Yefim Bronfman. De la même façon, l'interprétation qu'Anna Song a donnée du second concerto de Brahms est en fait celle, « revue et accélérée », de Vladimir Ashkenazy avec le Philharmonique de Vienne, sous la direction de Bernard Haitink...*

*Reconnaissons cependant que, si les critiques ont été abusés par Anna Song, leur jugement en tant que tel n'est pas remis en question : le talent des multiples pianistes pillés reste authentique (et le choix qu'« on » a fait d'eux témoigne d'ailleurs d'un goût très sûr). Lorsque Mark Kopanowski parle du « mélange de tristesse et d'éclat » de ses valses de Chopin et de la « puis-*

*sante fluidité » de ses sonates de Mozart, il a tout à fait raison. David Martin, qui dirige le site www.musiqueculte.com, fait ainsi remarquer que Gérard Manzel a décerné des notes semblables aux morceaux prétendument enregistrés par Anna Song et à leurs originaux lorsqu'il avait eu l'occasion de les chroniquer quelques années plus tôt. Et qu'on ne peut attendre d'un journaliste qu'il soit capable de deviner, à l'aveugle, et alors qu'il existe parfois des centaines de versions d'un même prélude, qu'il a déjà entendu celle-ci ou celle-là sous un autre nom et une autre jaquette. Les critiques ne se sont donc pas trompés sur la qualité de l'interprétation, mais sur l'identité de l'interprète. Chose qui semblait tellement inconcevable que nul ne l'avait même envisagée…*

*Les affaires d'imposture ont accompagné toute l'histoire de la création artistique. Le peintre Han Van Meegeren produisit dans les années 1930 et 1940 une quinzaine de faux Vermeer qui abusèrent les musées les plus prestigieux du monde entier, ainsi que les experts de Hermann Göring lui-même durant la Seconde Guerre mondiale. Cette dernière vente lui ayant valu d'être arrêté pour collaboration, il avoua être à l'origine des dernières toiles attribuées au célèbre Hollandais et, pour prouver ses dires aux juges incrédules, dut en peindre une sous leurs yeux… À la fin du* XVIII*e siècle, William Henry Ireland forgea pour sa part des faux Shakespeare qui firent illusion plusieurs années, ce alors qu'il était à peine sorti de l'adolescence. Il ne se contenta pas de documents où il avait habilement imité la signature et le style de l'auteur de* Roméo et Juliette, *mais prétendit tout bonnement avoir mis au jour les manuscrits originaux de pièces accompagnées de variantes inédites, et surtout deux tragédies jusque-là inconnues,* Vortigern *et* Henry II *! Le phénomène des faussaires et plagiaires n'est pas non plus sans précédent en musique : un des commanditaires de Mozart, le comte Franz von Walsegg, manqua le dépouiller de son fameux* Requiem *– il avait prévu de s'en déclarer le compositeur après l'avoir fait jouer en mémoire de sa jeune épouse décédée. Haendel avait l'habitude de recycler son propre travail mais aussi celui de ses confrères, ce qui lui valut d'être poursuivi à maintes reprises. Enfin, en ce qui concerne la mise en cause des interprètes proprement dits, plusieurs affaires ont marqué le milieu de la pop, où les enjeux financiers sont très élevés : en 1990, le duo Milli Vanilli, qui avait reçu le Grammy Award de la révélation de l'année, dut le restituer après avoir admis qu'il n'avait pas chanté un seul de ses tubes. Il en est autrement dans le monde de la musique classique, commercialement moins rentable, et plus discret – car plus élitiste : de toute son histoire, aucune affaire de l'ampleur de l'« Annagate » n'y avait jamais éclaté.*

Quand Anna est partie, le vide s'est fait en moi. Grâce à elle, j'avais eu l'impression d'avoir trouvé un deuxième foyer, une stabilité qui m'avait aidé à trouver ma place dans le monde ; j'ai tout perdu, d'un coup, comme un pont qui s'effondre. Anna a emporté avec elle la sensibilité, le désir, l'énergie qu'elle m'avait rendus par sa seule présence. Elle disparue, il n'y avait plus personne à côté de qui m'asseoir en classe ou sur le banc de la cour, personne pour me tenir compagnie devant l'enclos aux moutons, partager un goûter tantôt composé de pains au chocolat, tantôt de *che* à la banane et à la noix de coco, et me faire écouter de la musique tout en décrivant l'exceptionnelle productivité de Mozart, alimentée par son génie mais surtout par ses dettes, l'amour de Debussy pour sa fille Chouchou, pour laquelle il avait composé *Children's Corner*, ou encore la scoliose déformante dont avait été affligée Clara Haskil, maladie qui l'avait obligée à porter un corset de plâtre et lui avait fait le dos bossu d'une octogénaire avant l'heure, mais semblait miraculeusement s'effacer dès qu'elle s'asseyait devant un piano, vaincue par la fougue que manifestait l'artiste lorsqu'elle jouait.

Je n'étais pas seul à éprouver un sentiment d'étrangeté et de perte de repères. Les lettres d'Anna en témoignaient, à un moindre degré cependant, lorsqu'elle m'a raconté l'installation de sa famille en Californie, près du campus de l'université qui avait recruté sa mère. Ils vivaient dans une banlieue résidentielle à la limite du désert, sous un ciel obstinément bleu, un soleil obstinément haut, et bénéficiaient des habituels bienfaits de l'*American way of life*, du réfrigérateur capable de produire plusieurs kilos de glaçons sur demande au jardin verdoyant, idéal pour accueillir des barbecues entre amis. Les clichés étaient vrais : tout était plus grand – les écrans de télévision, les voitures, les maisons, les cinémas – ou plus abondant – le choix au supermarché, les portions dans les restaurants, la lumière. Anna n'était pas sûre d'apprécier ce gigantisme généralisé. Et puis il faisait beau, toujours beau, tellement beau, même, avouait-elle, que cela en devenait ennuyeux... Sa famille semblait mieux s'adapter qu'elle : ses parents s'étaient pris de passion pour un nouveau hobby, le golf, et sa grand-mère, qui savourait avec bonheur la chaleur qui lui avait tant manqué en France, ne craignait plus de tomber malade au moindre coup de vent. Comme il n'existait pas de lycée français à proximité, Anna avait été inscrite dans une école spéciale destinée à favoriser l'intégration des enfants nouvellement arrivés et ne maîtrisant pas encore l'anglais.

La situation s'était nettement améliorée lorsqu'elle avait commencé à travailler avec un nouveau professeur de piano, un maître renommé qui lui avait fait passer une audition privée où elle avait présenté une invention de Bach, la première *Arabesque* de Debussy et puis, pour lui porter chance, le morceau de Ravel que j'aimais tant, celui que je l'avais entendue exécuter juste avant notre rencontre : *Pavane pour une infante défunte*. Cette fois, elle n'avait pas songé à son grand-père en la jouant, mais à moi, à nous, comme si j'étais juste à côté d'elle, et que je l'encourageais par l'intensité de mon silence et de mon attention, ainsi que je l'avais si souvent fait du temps où nous étions ensemble... Le maître l'avait complimentée pour la qualité de son interprétation et avait accepté de la prendre sous son aile, tandis que les parents d'Anna, voyant sa détermination à réussir, avaient aménagé son emploi du temps de façon qu'elle pût se consacrer presque entièrement à la musique.

Les vacances lui furent désormais dédiées : Anna participait à des *master classes* de deux semaines, sept heures par jour, qui avaient lieu dans un vaste local prêté par la Juilliard School, prestigieux établissement où le professeur d'Anna avait enseigné, et où elle-même espérait pouvoir étudier d'ici quelques années. La pièce principale contenait deux pianos placés de telle façon que chacun des musiciens puisse distinguer parfaitement les mains de l'autre. Le maître prenait place sur l'un et l'élève sur l'autre, ce qui permettait au premier non seulement de prodiguer les explications et conseils habituels, mais de faire la démonstration « en direct » de l'exécution de tel ou tel passage délicat, et de reprendre indéfiniment les phrases problématiques. À cette pédagogie particulière s'ajoutait le fait que le cours était entièrement enregistré. À la fin de chaque séance, Anna repartait avec une cassette et pouvait travailler seule dans une autre salle en disposant, juste sur un clic, des avis et des corrections de son professeur. Elle revenait le lendemain, et le cycle se poursuivait jusqu'à ce que son interprétation donne pleine satisfaction. Grâce à cette méthode, Anna avait affermi sa technique, ouvert de nouveaux horizons à son jeu, et accompli en peu de temps des progrès remarquables.

Son maître lui avait proposé de se produire lors de festivals, dans de petites salles ici et là, et les journaux locaux n'avaient pas tardé à s'enthousiasmer pour la précocité et l'élégance d'Anna, évoquant son toucher « chaud et lumineux » qui avait « éclairé l'œuvre du maître de Bonn » – la sonate *Appassionata* de Beethoven – et la façon dont elle alliait, merveilleusement, la « tristesse délicate à l'acuité rythmique ». Ils soulignaient sa souplesse et son brio sur la *Wanderer Fantasie* de Schubert, où « la gaieté mélancolique s'insinuait avec ravissement dans les phrases mélodiques », et saluaient l'interprétation « marquée par beaucoup de légèreté et de fraîcheur » de la *Pastorale* de Francis Poulenc ou encore la « limpidité » et la « polyphonie toujours suivie » de la *Barcarolle* de Fauré. Les coupures s'accumulaient, jusqu'à l'apothéose d'un article vantant le jeu « habité, léger et profond à la fois, tout entier déposé sur l'ivoire » d'Anna, au contraire des « techniciens du piano, affligés d'un phrasé souvent linéaire et catégorique ». Le critique concluait avec lyrisme : « Voilà une jeune artiste qui, loin d'aller à l'usine des abatteurs de notes et des brimeurs de cordes, envole, phrase, dépose, suspend le fracas au silence des partitions. » Je n'étais pas sûr, ni Anna non plus d'ailleurs, d'avoir bien compris ce qu'il entendait par là, mais il s'agissait à coup sûr d'un compliment...

Chacune des lettres d'Anna s'achevait sur le bon souvenir de Mme Thi à ma grand-mère, que je répercutais fidèlement, au grand plaisir de cette dernière. Elle regrettait beaucoup son amie, leurs promenades, les échanges de bons petits plats, les après-midi passés à prendre le thé. Mes missives à Anna, à l'image de mon existence loin d'elle, me paraissaient bien fades en comparaison des siennes, sans doute parce qu'elles ne comportaient aucune nouvelle digne de ce nom : je continuais de mener une vie tranquille, rythmée par le collège, les repas avec ma grand-mère, l'écoute régulière des disques qu'Anna m'avait offerts avant de partir, et qui me ramenaient sans cesse à elle. Depuis son départ, je m'étais fait sinon des amis, du moins des camarades, une bande de garçons qui m'avaient donné une place parmi eux, sans qu'aucun me prête une attention excessive.

Nous faisions des parties de foot les samedis après-midi, nous défiions au flipper, allions au cinéma, nous raccompagnions parfois les uns et les autres pour prolonger une discussion... Rien qui fût, à mon sens, susceptible d'intéresser Anna. Durant ces années, les jours, les semaines, les mois n'ont rien fait d'autre, m'a-t-il semblé, que recommencer encore et encore, avec des variations si infimes qu'elles ne valaient guère la peine d'être mentionnées. Et je songeais, chaque matin en me levant, à Anna qui savait elle aussi ce que c'était que de répéter indéfiniment ses actions – sauf qu'il s'agissait dans son cas de morceaux qu'elle travaillait jusqu'à atteindre une forme de perfection qui lui faisait oublier l'ennui du quotidien (où j'étais pour ma part pris comme dans des sables mouvants) et non de vaines distractions qui ne laisseraient de trace nulle part, pas même en moi, alors qu'elles auraient dû constituer le cœur de mes centres d'intérêt à cette époque.

Depuis notre séparation, il me semblait que je restais extérieur aux choses, comme s'il m'était impossible d'exister pleinement sans Anna. J'étais entré dans une sorte d'hibernation où je subissais plus que je ne gouvernais ma vie et, au lieu de parler à mon amie de ce qui m'arrivait, je préférais l'inciter à me décrire l'environnement dans lequel *elle* évoluait, l'avancée de son apprentissage et de ses projets, les partitions qu'elle avait inscrites à son répertoire, les encouragements que lui prodiguaient ses parents et sa grand-mère. Sans cesse je lui réaffirmais que je croyais en elle, en son talent, en sa musique qui m'avait d'emblée saisi et dont j'espérais que tous, un jour, auraient le bonheur de l'entendre. Je n'étais ni heureux ni malheureux, en somme, mais en suspens. Le soir sur mon lit, les yeux au plafond, je pensais à Anna au piano, seule dans la maison que ses parents avaient achetée en Californie, un pavillon semblable à tous ceux qui peuplaient l'avenue, alignés en rang d'oignons et pourvus de tout le confort (et le conformisme) moderne. J'imaginais Anna s'exerçant dans un salon donnant sur le jardin, avec des baies vitrées laissant le jour inonder la pièce, et dorer les contours de sa silhouette. L'autel des ancêtres dans son dos, elle jouait avec à l'esprit non plus seulement les portraits dissimulés derrière les panneaux coulissants et l'histoire écrasante de sa famille, mais notre histoire à nous, notre amitié qui avait fleuri au milieu de tous ces récits qu'elle m'avait faits, et dont je me disais que, croissant et s'élevant vers le ciel comme un arbre au feuillage épanoui, elle les surplomberait un jour pour les renvoyer dans l'ombre. Nous continuerions à nous souvenir, sans doute, mais surtout à vivre, et à vivre l'un près de l'autre, l'un *avec* l'autre.

Je visualisais le chemin parcouru par nos échanges pour arriver jusqu'à nous depuis tous ces mois, et ces allers-retours me faisaient penser à une légende vietnamienne qu'Anna m'avait racontée, celle de deux amants séparés par l'empereur de Jade car ils avaient négligé leurs devoirs à son égard, mais qui avaient obtenu de pouvoir se retrouver une fois l'an, tous les oiseaux du monde faisant alors chacun don d'une plume, et toutes les plumes rassemblées formant un pont qui reliait le ciel et la terre et permettait aux amoureux de se rejoindre, l'espace d'une journée. Il me semblait que chacune des lettres que nous nous envoyions, Anna et moi, était une de ces plumes ; ajoutées les unes aux autres, elles construisaient entre nous une passerelle fortifiée par le temps. Les mois passant, ce n'était pas notre séparation qui se prolongeait, mais notre réunion qui se rapprochait, du moins essayais-je de m'en convaincre pour ne pas désespérer d'être si loin d'elle, et en songeant qu'à l'inverse du couple du conte, rien au monde ne me ferait la quitter une fois que je l'aurais retrouvée.

Mais, tandis que je m'employais à garder intacte la relation que nous avions établie, Anna, après trois ans d'échanges, a commencé à s'éloigner, à dériver comme une barque dont les amarres cèdent l'une après l'autre. Chaque fois que je lui demandais si elle songeait à revenir aux prochaines vacances, elle me répondait par la négative. Elle regrettait de ne pouvoir me revoir, mais préférait, m'expliquait-elle, employer ses congés à assister à ces *master classes* et autres « sessions d'été » dont elle me relatait avec enthousiasme le déroulement. Bientôt, ses courriers me sont parvenus à intervalles moins réguliers, arrivant non plus toutes les semaines, mais tous les dix, puis tous les quinze jours, voire tous les mois. Lorsqu'elle m'a annoncé qu'elle était admise à la Juilliard School, j'en étais arrivé à surveiller ma boîte aux lettres avec une attention maniaque. Je guettais chaque matin le facteur depuis la fenêtre de ma chambre et en cas de retard n'hésitais pas à me prétendre malade pour avoir la permission de rester là, dans le seul espoir de récupérer une de ces minces enveloppes aux reflets bleutés, bordées de rouge et ornées d'un sigle représentant un avion, dont Anna se servait à la demande de sa grand-mère, attentive à ce que notre abondante correspondance ne ruinât pas la famille. Raison pour laquelle mon amie écrivait ses lettres sur un papier d'une finesse extrême ; il m'évoquait par sa transparence et sa fragilité une toile d'araignée qu'on aurait aplatie et compressée pour en faire un nouveau genre de papyrus...

Nos liens n'étaient pas plus solides : prêts à s'effilocher et même à se rompre au moindre choc. Mais il a fallu qu'Anna cessât tout contact trois mois durant, gardant un silence absolu tandis que je multipliais les courriers, pour que j'accepte d'en prendre conscience. Mes messages toujours plus préoccupés s'empilaient de l'autre côté de l'Atlantique sans que je sache s'ils étaient seulement ouverts, et pourtant je m'obstinais. Mon impatience initiale avait cédé la place à l'interrogation, puis à l'inquiétude ; inquiétude qui s'est muée en accablement lorsque j'ai, enfin, reçu la missive tant désirée. Déchirant le cachet témoignant de son expédition depuis les États-Unis, j'ai découvert un petit mot tapé à la machine. Anna m'avait toujours écrit à la main jusque-là, et ces phrases imprimées de manière si nette et si impersonnelle m'ont fait l'effet d'une douche froide. L'inintérêt total du contenu n'a fait qu'ajouter à ma déconvenue : Anna s'excusait brièvement de son silence et m'expliquait qu'elle était très prise, trop prise à vrai dire pour me donner des nouvelles aussi souvent qu'elle l'aurait voulu. Elle espérait que je comprendrais, me demandait de lui pardonner, et promettait de m'écrire plus en détail bientôt.

Elle ne l'a jamais fait, et j'aurais dû le savoir dès que j'ai achevé la lecture de ces quelques lignes auxquelles je n'ai pas répondu car elles ne semblaient pas appeler de réponse. Leur laconisme, leur gentillesse hâtive, loin des épanchements des débuts, confirmaient ce que j'avais subodoré tout en refusant de l'admettre : l'époque de nos discussions, des récits sur le Viêtnam et des leçons de piano, des recettes élaborées avec la grand-mère d'Anna et des cours d'éducation musicale improvisés dans la chambre de sa mère, était désormais révolue. En dépit de sa promesse, je n'étais plus pour Anna qu'une silhouette, amie certes, mais lointaine. J'en étais triste, et même déchiré, mais à dire vrai je n'aurais pas dû m'en étonner. L'apathie dans laquelle j'avais plongé depuis son départ, mon personnage de garçon gentil, fidèle, mais un peu éteint, avaient dû lasser la jeune fille passionnée qu'elle était. Anna avait grandi, elle était en marche vers son rêve, tandis que je n'en avais jamais eu d'autre que de l'accompagner dans sa quête, pareil à une ombre qui se promènerait sur le cadran solaire de sa vie, et la protégerait, si elle en éprouvait la nécessité, des feux d'une gloire qui s'annonçait démesurée... Jusque-là, j'avais régulièrement chassé ces pensées de mon esprit, comme si je pouvais abolir la réalité en évitant de la voir en face ; elles me sont revenues en rafales à la lecture du petit mot d'Anna, que je ne pouvais considérer autrement que comme un adieu.

Avec le tact qui avait toujours été le sien, ma grand-mère n'a fait aucun commentaire sur l'espacement, puis l'arrêt de ma correspondance avec mon amie, et la peine qui depuis lors a pesé sur chacun de mes mouvements. Elle m'a vu passer par tous les stades que l'on connaît en perdant un être cher : l'appréhension croissant jusqu'à la peur panique, le déni, la colère, l'abattement, l'acceptation, j'ai exploré tout le spectre, avec des sauts, des détours, des bégaiements. Et, quand j'ai tâché de me reprendre, de discipliner mon chagrin et de faire mon deuil, j'ai continué de garder sur moi les dernières lignes d'Anna. Je ne sais si c'était pour me rappeler qu'il fallait que je me résigne à cela, moi aussi : oublier Anna puisqu'elle m'oubliait. Ou au contraire pour retenir quelque chose d'elle, une trace, trois petits points de suspension entre nous plutôt que rien. Et puis est venu ce soir, six ans après les paroles d'Anna devant l'autel des ancêtres, où je suis passé devant ce qui avait été la demeure des Thi, restée inhabitée depuis leur départ. Ma grand-mère m'avait rapporté qu'elle ne tarderait pas à être occupée par une nouvelle famille, et cette annonce m'avait suffisamment troublé pour me faire emprunter pour la première fois depuis longtemps le chemin reliant mon logis à celui d'Anna, que j'évitais aujourd'hui avec autant d'application que j'avais mis d'enthousiasme à le parcourir quand j'étais enfant.

Debout au milieu de l'allée déserte, j'ai sorti la lettre de ma poche et je l'ai dépliée. « Comprendre », disait Anna, et « pardonner » : ces mots passaient et repassaient devant moi, à la façon d'un train ou d'un bus dans lequel il m'était impossible de monter. J'ai fermé les yeux, un instant. Puis j'ai relevé la tête et j'ai regardé le jardin où nous avions si souvent joué quand nous étions petits, ainsi que la maison d'où ne sortirait plus jamais de belle musique inconnue ; toutes lumières éteintes, elle semblait désespérément vide, et froide. Une vague de chagrin m'a soulevé la poitrine avant de retomber, et de se diluer dans le silence qui baignait la rue comme une mer. Alors j'ai froissé la lettre et, tout bas, j'ai murmuré à Anna que je comprenais qu'elle n'eût plus besoin de moi, et que je lui pardonnais.

Ma vie s'est poursuivie. J'avais aimé et perdu mes parents, puis Anna, mais j'avais fini par retomber sur mes pieds. Un cycle s'était achevé, en me laissant résigné. Après avoir manqué quelques soirées avec mes copains, je suis sorti de mon silence, j'ai recommencé à les voir ; la routine du lycée, de la cantine, des devoirs, des parties de foot et de baby-foot m'a repris, et j'ai vogué sur son fleuve long et lent sans plus me poser de questions. Je travaillais à m'apaiser. J'avais eu un secret, celui de mes sentiments pour mon amie, que je n'avais jamais confiés à personne par peur du ridicule, par incapacité à les cerner, par désir de les garder pour moi, aussi. Un secret impalpable et délicat, tissé de la matière même des songes. Je ne l'avais plus. Il s'était dissous dans l'air et personne, ma grand-mère mise à part, ne s'en était aperçu. Simplement, j'ai arrêté d'écouter les disques de musique classique qui passaient jusque-là en boucle dans ma chambre : après avoir hésité à les jeter, je les ai rangés dans un carton et descendus à la cave. Quand je suis remonté, j'ai éteint la lumière et refermé la porte en espérant que cela me permettrait de clore dans le même mouvement l'histoire qui nous avait liés, Anna et moi.

Quelques années se sont écoulées. Mes premières fois (première cigarette, première cuite, premier baiser, premier film-culte, première nuit avec une fille...) sont devenues des deuxièmes, des troisièmes, des quatrièmes. Après mon bac, je suis parti poursuivre mes études à Paris avec la bénédiction de ma grand-mère, pour qui il était important que j'apprenne à vivre seul, ou du moins « en une autre compagnie que celle d'une vieille dame décrépite », comme elle me l'a déclaré en souriant : je lui rendrais visite les week-ends, et logerais le reste de la semaine dans la capitale. Grâce à l'héritage de mes parents, j'ai pu emménager dans un petit appartement rue Toullier, dans le cinquième arrondissement. Ma vie est restée ordinaire. Je ne m'en plaignais pas. Je m'étais trouvé un travail alimentaire (je rédigeais des articles pour une agence gérant des journaux d'entreprise) tout en m'adonnant régulièrement à des projets multiples (allant de la création d'une société d'import-export de réveille-matin à celle d'une maison de disques) qui échouaient presque sitôt montés, mais avaient l'immense vertu de me sortir d'un quotidien devenu décourageant à force de prévisibilité. Malgré mes bonnes résolutions, je continuais d'être un doux rêveur, ce que certaines femmes trouvaient charmant – au début, en tout cas, même s'il venait toujours un moment où elles se lassaient de ma distraction, déclaraient avoir l'impression d'être transparentes à mes yeux, tentaient de me modeler selon leurs exigences comme si j'étais une pâte souple, puis, en désespoir de cause, me quittaient. Je les perdais l'une après l'autre, ne m'en affligeais pas trop, et pas plus de deux ou trois semaines. J'aimais la solitude ; j'appréciais de ne pas avoir à plier une partie, même infime, de mon emploi du temps aux souhaits de quelqu'un d'autre, et de ne pas être forcé de répondre à des questions souvent inintéressantes ou des désirs que je ne comprenais pas – et puis je n'étais pas encore assez vieux, ou angoissé, pour me préoccuper de cette incapacité à me fixer.

Malgré mes efforts, la pensée d'Anna, que j'avais tenté d'enfouir au plus profond de moi, est revenue plus vivante que jamais après une période d'accalmie. Je croyais en avoir fini, alors que mon attachement pour elle prenait simplement une autre forme, souterraine mais pas moins puissante. J'ai résisté à l'idée de lui envoyer une lettre, ou de tenter de renouer de quelque manière que ce fût avec elle puisqu'elle ne le désirait pas mais, à mi-chemin du jeu et de l'obsession, j'ai poursuivi à ma manière notre relation : une collection issue de l'écoute intensive de fugues, partitas, toccatas, valses, mazurkas, sonates, fantaisies, nocturnes, préludes, rhapsodies, impromptus, etc. J'y traquais, parmi toutes les versions d'un même morceau, celle qui me rappelait le plus le toucher, la sensibilité, l'interprétation d'Anna. Celle qui pourrait m'émouvoir comme elle m'avait ému, si profondément que, l'ayant entendue une fois, je ne pourrais plus l'oublier. Je faisais mon marché chez les virtuoses les plus célèbres, mais aussi chez ceux qui officiaient dans les marges, les chemins de traverse réservant parfois plus d'agréments que certaines routes obligées. Passant des sonates de Mozart par Alfred Brendel aux concertos de Prokofiev par Martha Argerich, ou aux intégrales de Chopin et Ravel par Samson François, j'ai composé, fragment après fragment, une sorte de portrait chinois d'Anna que j'étais seul à pouvoir reconnaître. Au lieu de faire une compilation de mes chansons préférées pour ma petite amie du moment, je construisais une projection sonore de celle que j'aimais... L'entreprise me procurait un plaisir difficile à expliquer : il me semblait que la tâche que je m'étais fixée était peut-être absurde, mais en aucun cas vaine puisque l'espace de quelques secondes, qui tenaient à quelques notes, je retrouvais Anna presque aussi intensément que si elle s'était matérialisée à mes côtés.

L'image physique d'Anna revenait elle aussi me hanter, aux moments les plus inattendus. Me débarrasser de toute trace concrète de notre amitié n'avait pas davantage suffi à la chasser de mon esprit que descendre à la cave les disques qu'elle m'avait offerts n'avait effacé le souvenir de sa musique. Je croyais la voir à une station de métro, lors d'une manifestation, perdue dans la contemplation d'un tableau au musée de l'Orangerie, ou encore marchant devant moi au détour d'une rue. Elle prenait de l'âge avec moi, non plus petite fille, mais jeune fille, mais jeune femme, mais femme tout court... Comme j'avais une idée de moins en moins précise de ce à quoi elle pouvait ressembler à présent, les figures qui me faisaient brusquement penser, mon pouls s'accélérant, que c'était peut-être elle en étaient venues à se multiplier. Cette présence fantôme m'est devenue familière, qui s'incarnait fugitivement dans la démarche, les traits, la silhouette, le geste d'une passante qui n'était ni ne serait jamais Anna. J'en concevais moins de douleur que d'espoir, d'élan, et ne me suis jamais demandé si j'étais en passe de perdre l'esprit : je ne voyais pas en quoi, après tout, ces chimères étaient moins « vraies » que la table sur laquelle je prenais mon petit-déjeuner le matin, ou le soleil sur ma nuque l'été venu, lorsque j'allais me promener en bord de Seine. Nous vivons tous dans un environnement tangible autant que dans notre imaginaire, nos rêves, nos désirs : pourquoi me serais-je affligé des éphémères hallucinations qui me saisissaient, pourquoi ne pas les accepter comme faisant partie de moi, de ma vie, de ma *réalité* ?

Cette dérive aurait pu continuer indéfiniment, et mon existence suivre un cours toujours plus obscur tandis que je me serais peu à peu coupé du monde qui m'entourait, si un événement ne m'avait soudain ramené sur terre : un soir d'automne, j'ai reçu un appel qui m'annonçait la mort de ma grand-mère.

## UN PEU DE CHATTERTON ET BEAUCOUP DE GROS SOUS

Par Jean-Louis Villers, *Libération*, le 21 décembre 2008

*Qu'ont en commun des pianistes comme Izumi Tateno, Karl Wachter, Laszlo Simon, Alexei Karpov, Giovanni Bellucci, Deirdre Olafson ou encore Mario Cojazzi ? Leur âge, leur jeu, leur carrière, leur répertoire ? Quelque chose de bien plus étonnant : tous ont porté à leur insu le patronyme d'Anna Song, personnage central d'une des impostures les plus sidérantes de l'histoire de la musique. Décédée à quarante-neuf ans d'un cancer, cette pianiste que la maladie avait conduite à s'isoler durant presque deux décennies a été redécouverte grâce à d'extraordinaires enregistrements effectués en studio et diffusés par le label Piano solo, créé par son mari Paul Desroches. Or la plupart et peut-être même la totalité des cent deux disques issus de ce travail, portés aux nues par tout ce que le monde de la musique classique compte de sommités, déclenchant une véritable « Songmania », ne sont pas d'elle.*

*Grâce aux recherches effectuées, entre autres, par Clément Rozel, directeur d'une entreprise de postproduction musicale (voir le site www.prismaclassica.com/SongHoax.html, qui détaille ses analyses), il est désormais établi de manière certaine que les trois quarts au moins des morceaux attribués à Anna Song sont en réalité des versions électroniquement modifiées de centaines d'interprétations préexistantes, et signées par d'autres. C'est le témoignage d'un amateur d'Anna Song qui a mis le feu aux poudres : transférant sur son iPod une des* Variations Diabelli *de Beethoven par la pianiste, il a eu la surprise de voir apparaître le nom de Mario Cojazzi en lieu et place de celui de son artiste favorite.*

*On aurait pu penser que la reconnaissance automatique des disques lors de leur insertion dans un ordinateur aurait dévoilé le pot aux roses depuis bien longtemps ; mais les logiciels de lecture de MP3 comme iTunes identifient les CD suivant un processus particulier.* Via *Internet, ils envoient à des bases de données une « empreinte numérique » du CD calculée à partir du nombre de pistes et de leurs durées respectives. Ces empreintes permettent alors aux bases de données de retrouver le disque correspondant puis de renvoyer le nom du disque, des morceaux, de l'interprète, etc. – sauf si bien sûr le disque n'est pas répertorié. Un décalage ici et là n'est pas un obstacle à cette reconnaissance : même si la trente-deuxième piste du CD de Song dure sept secondes de moins que celle du CD de*

*Cojazzi, les similitudes étaient telles sur l'ensemble du disque qu'il a été attribué au virtuose italien.*

*Si le mari d'Anna Song, Paul Desroches, manager, producteur et conseiller de l'artiste, et le plus à même de faire la lumière sur cette incroyable mystification, reste toujours injoignable,* Libération *a retrouvé la trace de la seule autre personne non seulement à avoir participé à l'entreprise, mais à avoir revendiqué sa collaboration : l'ingénieur du son Colin Chatterton, dont le site Web a pendant longtemps affiché, parmi d'autres tâches faisant la démonstration de ses qualifications, « l'*editing *et le* mastering *digital des œuvres d'Anna Song pour le piano distribuées par Piano solo ». Une réussite, si l'on en juge par les milliers d'auditeurs et de critiques enthousiasmés par « l'exceptionnelle qualité sonore » (Mark Kopanowski) desdits CD... Le matériel de Chatterton ne paie pourtant pas de mine : situé juste sous son appartement dans la banlieue parisienne, le studio d'enregistrement, avec ses deux écrans et sa table de mixage posée sur un bureau de formica, ne semble pas vraiment équipé pour une opération telle que l'« Annagate », qu'on imaginait des plus sophistiquées. Vêtu d'une robe de chambre et portant des pantoufles, Chatterton, soixante ans, remarque notre étonnement et fait observer avec ironie : « Ce n'est pas exactement Abbey Road[1], mais ça marche. »*

1. Les mythiques studios où travaillèrent notamment les Beatles. *(N.d.R.)*

*Il dit avoir rencontré pour la première fois Paul Desroches en 2000, et prétend n'avoir pas un instant imaginé qu'il allait devenir le complice d'une imposture d'envergure internationale. « Paul cherchait un studio doté du dolby A, un système de suppression des parasites, précise-t-il. Je ne l'avais pas, mais il a dit qu'il pouvait s'arranger. Il a apporté d'autres éléments techniques pour compléter ceux dont je disposais, et c'est comme ça qu'on a commencé à éditer et copier les fichiers audio ensemble. Ils étaient issus de de disques qui contenaient la musique d'Anna – Paul avait déjà fait un tri, choisissant les meilleures versions des morceaux afin de gagner le temps que nous aurions perdu à les écouter et les comparer. Mon rôle consistait à assembler les pistes et à les lisser pour qu'elles composent un tout – je gommais les parasites et les bruits superflus, recréais une ambiance de fond, unifiais les plages. La musique avait été enregistrée lors de différentes séances, et il me fallait ajuster la tonalité, le niveau sonore et le reste pour donner l'impression que tous les morceaux avaient été joués au même endroit, dans le même temps. Un peu comme le glaçage sur un gâteau, vous voyez ? »*

*L'ingénieur du son reste sceptique vis-à-vis des accusations aujourd'hui lancées contre Anna Song et son mari : « Je ne suis toujours pas convaincu par la rumeur. Je ne rejette pas en bloc les démonstrations faites, mais je pense qu'il nous faut plus de temps et de recul pour juger. Je suis loin d'être un spécialiste de musique classique et il m'est donc difficile de confirmer ou d'infirmer les découvertes des uns et des autres. Tout ce que je peux dire, c'est que j'ai agi de bonne foi, et que je n'avais pas le moins du monde conscience de me livrer à une pratique malhonnête. Je n'étais que le petit ingénieur, et Paul Desroches le client de mon studio. Je n'avais aucune raison d'avoir des doutes sur l'origine des fichiers qu'il me livrait, et je serais très choqué que les allégations de plagiat se vérifient. Mais, en ce qui me concerne, l'affaire est toujours en délibéré. J'ai du mal à concevoir que Paul et Anna aient volontairement pillé les œuvres d'autres pianistes...* »

De fervents partisans du couple, partageant la position de Chatterton, ont longtemps exhorté Desroches à se justifier. Quand le scandale a éclaté, celui-ci a d'ailleurs annoncé qu'il ne tarderait pas à « produire les analyses de son propre expert » afin de confondre ses détracteurs ; déclaration qui a été accueillie sans enthousiasme par la profession comme par les internautes s'exprimant sur les forums, toujours plus nombreux, suscités par l'affaire. Pourquoi Paul Desroches ne fournissait-il pas tout simplement les enregistrements originaux avant qu'ils aient été édités, des témoignages de musiciens affirmant qu'ils avaient bien joué sous la direction de Dimitri Makarov et avec Anna Song, une trace écrite des arrangements faits pour le voyage d'un orchestre symphonique entier venu de Pologne, un des permis de travail obligatoirement délivrés aux artistes venus se produire en France ? N'importe lequel de ces documents aurait contribué à étayer sa version *des faits. Ils continuent aujourd'hui de manquer, tandis que le silence de Paul Desroches – ce alors que les preuves des manipulations électroniques sont accablantes – apparaît comme un aveu en soi. Colin Chatterton est sans doute l'un des derniers à vouloir accorder le bénéfice du doute à Paul Desroches et Anna Song.*

*Il ne ferait sans doute pas montre de la même indulgence s'il n'avait entretenu des liens personnels avec le directeur de Piano solo. « Il m'a toujours clairement signifié qu'ils n'appartenaient pas à l'establishment, ni lui, ni Anna, qu'il était un autodidacte, et qu'elle n'avait jamais été reconnue comme elle l'aurait mérité. Elle n'avait pas étudié à Paris mais aux États-Unis, et s'en était d'ailleurs très bien sortie, mais les réseaux académiques ne les appréciaient pas, ils ne faisaient pas partie de la "famille". Leur indépendance d'esprit avait beau leur avoir coûté cher, ils avaient toujours refusé d'y renoncer... »*

*Dans une interview-portrait accordée à Gérard Manzel pour www.musiqueculte.com trois ans avant sa mort, Anna Song, qui avait été si souvent et si longtemps dédaignée par les critiques, n'avait pas eu un instant d'hésitation lorsqu'on lui avait demandé de désigner le meilleur d'entre eux : elle avait non sans malice cité son mari. « Je ne connais personne, avait-elle ajouté, qui possède une telle culture musicale. Il est incollable sur les dates, les versions, les noms des artistes, connaît sur les bouts des doigts chaque nuance de chaque interprétation qui a été donnée de la plupart des morceaux, des valses de Chopin aux concertos de Rachmaninov en passant par*

*Bach, Brahms, Schubert, Lizst, Ravel, Debussy… Au fond, il a toujours su ce qui était le mieux pour moi, et dans ma vie, et dans ma musique. J'ai bien davantage confiance en son oreille que dans la mienne. » Colin Chatterton, pour sa part, a témoigné d'une grande admiration non seulement pour l'érudition de Paul Desroches, qu'il confirme, mais aussi pour l'amour que celui-ci portait à sa femme : « Je n'ai jamais rencontré quelqu'un qui soit à ce point préoccupé du bien-être et du bonheur de quelqu'un d'autre. »*

*Est-ce là la raison qui a poussé Desroches à agir comme il l'a fait ? La véritable question au cœur de cette controverse n'est peut-être pas tant de savoir ce dont il s'est rendu coupable au juste en termes de manipulations, électroniques ou non, que de connaître ses motivations. L'hypothèse la plus humaine, et offrant le plus d'excuses aux manœuvres du producteur – apporter à la femme qu'il aimait la gloire et la carrière dont elle avait été, à son sens, injustement privée – ne convainc guère l'expert Clément Rozel, pour qui il ne s'agit pas d'autre chose que d'une affaire de gros sous. Presser un CD coûte moins de deux euros et peut rapporter dix fois plus. Sachant que chaque CD est produit au minimum à mille exemplaires et que Piano solo a commercialisé ces dernières années cent deux CD d'Anna Song, le bénéfice pourrait sans peine dépasser le million d'euros… Les arguties sentimentales ne seraient dès lors que le paravent d'une très lucrative escroquerie.*

Il pleuvait, le jour de l'enterrement. Une pluie fine et drue glissait sur mes joues tandis que l'on descendait le cercueil contenant le corps de ma grand-mère, décédée dans son sommeil d'une faiblesse cardiaque. Elle avait quitté ce monde comme elle avait vécu : sans bruit. Cela faisait plusieurs années qu'elle souffrait du cœur, mais elle m'en avait toujours parlé de manière anecdotique ; jusqu'au bout, elle avait minimisé son mal, affirmant que cela ne l'empêchait nullement de mener une existence comme les autres – sans doute ne m'avait-elle jamais considéré autrement que comme ce petit orphelin qu'il fallait coûte que coûte protéger de la cruauté du monde... Lorsque je revenais la voir, il me semblait, de fait, que le temps n'avait de prise ni sur la maison, ni sur elle. Elle demeurait cette vieille dame attentionnée, au chignon blanc et au parfum de jasmin, qui me faisait observer qu'il manquait un bouton à ma veste ou un passant de ceinture à mon pantalon, veillait à ce que j'avale l'intégralité de mon assiette, s'inquiétait de ce que je n'aie pas de plan de carrière, et encore moins de relation sérieuse. Mes réponses se résumaient à un sourire, je lui disais de ne pas s'en faire, elle soupirait, et nous en restions là. J'étais heureux d'être avec elle, de l'aider à débarrasser le jardin de ses mauvaises herbes, de lire le journal dans le salon tandis qu'elle dévorait un roman policier, de lui prêter main-forte dans la préparation de ses confitures de framboises et de ses gelées de pomme ; il y avait quelque chose de délicieusement réconfortant dans ces habitudes immuables. Je retrouvais avec le même plaisir nostalgique mon ancienne chambre, où ne manquaient que les disques qu'Anna m'avait offerts et qui avaient occupé presque l'intégralité de mon étagère à une époque. Ce vide même ne me déplaisait pas : il ne faisait que rappeler la place que le fantôme d'Anna, sa présence-absence, continuait d'occuper dans ma vie.

Tout le long de la cérémonie, j'ai songé à tous ces instants partagés que la mort de ma grand-mère paraissait condamner une deuxième fois à disparaître, noyés dans le temps comme mes larmes dans la pluie. Tout à mes souvenirs, le regard brouillé par la bruine, j'avais du mal à distinguer les visages de l'assistance, plutôt clairsemée, qui était venue rendre hommage une dernière fois à celle qui m'avait élevé. La plupart des gens me disaient quelque chose ; je les avais croisés enfant ou adolescent, et leur allure ou leur figure m'étaient familières, à l'exception d'une femme qui se tenait à une dizaine de mètres devant moi, vêtue d'un long manteau noir à capuche et portant des gants de cuir assortis. Elle s'est approchée et, lorsqu'elle a levé son visage sur moi, j'ai été frappé non tant par sa beauté ou son élégance, pourtant flagrantes, que par la volonté qui ressortait d'elle. Ses yeux sombres étaient doués d'un éclat qui contrastait avec ses gestes las et son sourire d'estampe. Comme souvent, j'ai pensé à Anna et, suivant une sorte d'automatisme, j'ai cherché dans le visage de l'inconnue celui de mon amour perdu, si lointain désormais que je me demandais parfois s'il n'était pas tout aussi imaginaire que le meilleur ami invisible dont se dotent certains garçonnets, tellement sûrs de leur fait qu'ils peuvent en parler à leurs parents des heures durant, décrivant son apparence, ses attitudes, ses goûts, son humeur du moment, sans jamais épuiser leur éloquence et leur faculté d'invention. Malgré moi, je discernais des similitudes, de possibles indices d'une Anna enfin revenue dans les traits fins, les pommettes hautes, la pâleur lumineuse de cette femme devant moi, et, me sentant incapable d'affronter une déception supplémentaire en ce moment, j'ai clos les yeux pour que s'efface mon hallucination, la vingtième peut-être depuis que j'avais perdu Anna. Cependant, loin de s'évanouir, l'apparition s'avançait d'un pas décidé, on ne peut plus réel, et bientôt elle m'a pris dans ses bras en me murmurant qu'elle était désolée, désolée pour tout, sa capuche rejetée en arrière tandis que je la serrais contre moi, le nez dans ses cheveux noirs, ma joue contre la sienne, ne parvenant pas à croire encore que c'était bien Anna.

J'ai eu beaucoup de mal à respecter les usages et à converser comme il convenait avec chacun des hôtes durant la réception qui a suivi l'enterrement. Anna a patiemment attendu que chacun s'en aille. Elle est restée avec moi et, après avoir rangé la vaisselle et mis un peu d'ordre, nous avons pris le thé dans le salon, l'un à côté de l'autre sur le canapé. Le soir tombait et nous nous retrouvions pratiquement là où nous nous étions quittés, à quinze ans de distance. C'était étrange, comme si nous évoluions dans une autre dimension ; il me semblait qu'à tout instant le monde allait se remettre en route et moi me réveiller dans mon appartement de la rue Toullier, chassant une fois de plus l'image de mon amie venue visiter mon sommeil. Mais non, elle était là, toujours là. Devant moi. J'avais effleuré son coude, respiré son parfum, senti la chaleur de sa peau, et elle n'était pas une illusion. Elle avait ôté son manteau et ses gants, dévoilant une robe de soie de ce bleu profond qu'on nomme *midnight blue*, un gilet noir en cachemire, des bottes qui étiraient encore sa silhouette longiligne. J'avais eu du mal à la regarder en face jusque-là, mais, à présent que nous n'étions que tous les deux, je contemplais avec émotion l'ovale de son visage, ses yeux fendus en abricot, son sourire plein de charme. Nous avons gardé le silence quelques instants et puis, à ma demande, Anna a retracé tout ce qui lui était arrivé depuis notre séparation, et d'abord ce qui avait amorcé celle-ci – car, contrairement à ce que j'avais cru, elle ne m'avait jamais oublié, ni relégué au second plan de son existence.

Lorsqu'elle m'avait annoncé l'heureuse nouvelle de son admission à la Juilliard School, cela faisait plusieurs semaines déjà qu'elle bataillait contre un mal mystérieux. Alors qu'elle répétait au rythme de huit heures par jour un morceau de Ravel, *Ondine*, une foulure du pouce droit l'avait forcée à prendre quelques jours de repos ; quand elle avait repris, elle avait constaté que l'annulaire et l'auriculaire correspondants avaient tendance à se replier sous sa paume dès qu'elle jouait. Bizarrement, ce phénomène ne se produisait que lorsqu'elle se trouvait au clavier ; en d'autres circonstances, sa main se mouvait comme si de rien n'était. N'osant rien dire à personne dans un premier temps, elle s'était résolue à vaincre cet obstacle en travaillant plus que jamais, dans l'espoir que « cela passerait ». Seulement cela n'était pas passé : plus elle s'obstinait, plus le spasme, allant de pair avec une paralysie des deux doigts, s'aggravait. Elle était allée voir un médecin qui lui avait déclaré que ses nerfs étaient enflammés, avant de lui prescrire un arrêt de toute pratique liée à son instrument durant trois mois. L'inaction totale n'avait pas été plus efficace que la suractivité : une fois les trois mois écoulés, sa main n'avait retrouvé ni souplesse, ni sensibilité, se muant en bout de bois dès qu'elle se lançait dans une pièce pour piano, quelle qu'elle soit. Anna avait obtenu un report de son entrée à la Juilliard sous le prétexte d'ennuis de santé passagers, puis, aidée de ses parents, s'était lancée dans une véritable odyssée, enchaînant les consultations des spécialistes les plus renommés. Mais les examens se révélèrent inutiles, les diagnostics erratiques et les remèdes sans effet. Nul ne savait ce dont elle était victime. Lorsque, à bout de forces, elle avait exposé plus en détail son désarroi à l'administration de Juilliard, qui s'impatientait, l'établissement fut « au regret » d'annuler son admission et de lui signifier son renvoi, plongeant mon amie dans le désespoir.

À l'époque, loin de me relater tous ces malheurs, Anna avait préféré se taire et me tenir à distance. Jusqu'à couper tout lien. Toutes ces années, il ne s'était pas écoulé une journée sans qu'elle pense à m'écrire ou à m'appeler, mais elle y avait chaque fois renoncé : me révéler les raisons de son silence était au-dessus de ses forces. Elle s'était dit qu'il valait mieux me blesser que me décevoir. Que je la juge désinvolte, négligente et égoïste plutôt qu'incapable de tenir la promesse qu'elle s'était faite, qu'elle *nous* avait faite – se voir reconnue comme cette concertiste de génie qu'elle était assurée, à présent, de ne jamais devenir. Il n'existait qu'une chose à ses yeux qui soit plus douloureuse que d'être réduite à une artiste ratée (« ratée, a-t-elle répété, car quoi de plus vain, de plus pathétique, qu'une pianiste qui ne peut même pas exécuter une gamme et encore moins un morceau ? ») : l'idée que je la rejette parce qu'elle avait échoué. Notre amitié était si inextricablement liée à la musique et aux rêves de gloire qu'elle m'avait confiés, elle avait puisé tant d'énergie, d'espoir, d'assurance aussi, dans la foi que j'avais en elle qu'elle avait craint de ne plus présenter aucun intérêt à mes yeux aujourd'hui qu'une part d'elle, la plus importante peut-être, était morte. Son handicap frappait de nullité tout ce qui l'avait constituée jusque-là. Comme si un voile s'était déchiré, lui révélant qu'elle n'avait jamais fait que me mentir et se mentir durant tout ce temps où elle avait discouru sur les partitions, les compositeurs, les concerts, une carrière. N'étant plus pianiste, elle n'était plus rien.

Elle était au bord de la dépression et la simple vue de son Bösendorfer était devenue une torture quand ses parents lui avaient proposé, afin de lui changer les idées, de l'emmener au Viêtnam pour un séjour d'un mois tandis que sa grand-mère, qui s'était déclarée trop âgée et fatiguée pour le périple, demeurerait, sans regret, sous le soleil perpétuel de Californie. Ce n'était pas la première fois que les parents d'Anna retournaient dans leur pays natal – Liên Thi, en particulier, rendait régulièrement visite à toute sa famille, dont la plupart des membres continuaient d'habiter la ferme de Nha Trang. Mais Anna n'avait jamais eu l'occasion de les accompagner jusque-là, bien qu'elle en ait toujours manifesté le désir. Les dernières années, elle avait été très prise par la pratique intensive du piano ; quand elle était petite, ses parents jugeaient le voyage trop dur pour une enfant habituée à tout le confort occidental.

Le pays manquait de tout, alors, et ils avaient beau avoir, du fait des différences de salaires et de niveau de vie entre la France et le Viêtnam, les moyens de loger dans des palaces, lesdits palaces n'avaient pas été rénovés depuis un demi-siècle ; le service était inexistant, la plomberie défectueuse, les toits fuyaient, et des rats couraient dans les couloirs. Les rues étaient aussi vides que les boutiques, car il n'y avait rien à vendre ni à acheter ; quant aux promenades touristiques, elles consistaient surtout à arpenter des musées déserts et des avenues bordées d'immeubles lézardés. Seuls les paysages étaient restés pareils à ce qu'ils avaient toujours été – la jungle du delta du Mékong, les montagnes et rizières en terrasses de Sapa, la baie d'Along et ses noirs îlots flottant sur une mer de jade. Quant à la fameuse ferme de Nha Trang, où avait grandi la mère d'Anna et où ils logeaient lorsqu'ils se trouvaient dans la région, elle ne disposait ni d'électricité, ni d'eau courante : on allait puiser celle-ci dans un puits et on la filtrait une goutte après l'autre à travers un morceau de coton pour obtenir de quoi cuisiner ou étancher sa soif. Ou bien on s'en servait telle quelle pour se laver, sans jamais songer à la chauffer.

Depuis cette époque où disette et pénurie se relayaient continûment, les choses avaient évolué à une vitesse impressionnante grâce à la voie Doi Moi – la perestroïka vietnamienne – et l'ouverture du pays à l'économie de marché. Hôtels et magasins avaient poussé comme des champignons et la nation, à défaut d'abandonner les oripeaux communistes, s'était mise à l'heure d'un capitalisme de fait. Anna et ses parents avaient atterri dans une Saigon étouffante et frénétique, un chaos urbain dont la circulation jamais régulée grondait tout autour de la cathédrale Notre-Dame et de ses tours néoromanes surplombant la ville, traversait le quartier chinois de Cholon et le marché de Binh Tây aux toits en forme de fleur de lotus, longeait le temple de Thiên Hâu où brûlaient des dizaines de spirales d'encens suspendues. Centre névralgique gouvernant les échanges de tout le Viêtnam, la métropole bouillonnait : les vélos autrefois omniprésents avaient cédé la place aux deux-roues que les gens faisaient pétarader dès cinq heures du matin et aux taxis sillonnant la ville dans l'espoir de trouver des clients américains, français ou japonais à même de payer leurs tarifs variant du simple au quadruple selon les compagnies. Les grandes entreprises faisaient construire les premiers gratte-ciel et exigeaient de leurs employés une maîtrise parfaite de l'anglais, tandis que se préparait l'ouverture de gigantesques galeries commerciales tout en carrelages blancs et baies vitrées, affichant les mêmes prix qu'à Paris ou New York...

Anna et ses parents avaient ensuite gagné le delta du Mékong, naviguant en barque à moteur sur les flots limoneux du fleuve des Neuf Dragons, tissu d'arroyos, de chenaux et de rivières peuplé de maisons sur pilotis, de commerces flottants, de vergers qui profitaient de l'extrême fertilité de la plaine. De là, ils s'étaient dirigés vers les tunnels de Cu Chi, vaste réseau de galeries souterraines qui avaient joué un rôle-clef dans la résistance contre les Américains : les 200 kilomètres de conduits de 65 centimètres de large et 90 centimètres de haut avaient constitué une véritable cité creusée dans le sol, avec salles de réunion, réfectoires, armurerie, postes médico-sanitaires. Ce labyrinthe aux entrées tantôt camouflées, tantôt piégées, trop étroit de toute façon pour permettre aux soldats ennemis d'y ramper, avait servi de refuge aussi bien que de point de départ pour des attaques menées jusqu'à l'intérieur des bases américaines. La plus imprenable – et la plus suffocante – des forteresses avait été fermée pendant un demi-siècle avant de se métamorphoser en un endroit qui tenait autant du lieu de mémoire que du parc d'attractions. Les visiteurs étaient invités à visionner un film de propagande sur l'héroïsme des martyrs communistes, se promenaient ensuite devant des décors de carton-pâte et des mannequins en plastique revêtus d'uniformes trop neufs et mal ajustés, puis s'engageaient dans un boyau élargi à leur intention afin de mesurer *in situ* ce qu'avaient vécu les combattants, emmurés vivants qui étaient prêts à lutter depuis un espace qui ressemblait davantage à un caveau leur permettant tout juste de respirer qu'à un véritable quartier général, plutôt que de céder à une puissance de feu pourtant mille fois supérieure.

La cité de Dalat, située à 1 500 mètres d'altitude, sur les hauts plateaux, offrait un contraste troublant. La douceur de son climat, la beauté de ses paysages semés de lacs et de chutes d'eau avaient fait de « la ville de l'éternel printemps » le lieu de villégiature de nombre de Français à l'époque coloniale. C'était à présent la destination favorite des jeunes mariés vietnamiens, qui aimaient à se promener dans ses pinèdes et ses jardins fleuris de narcisses, d'orchidées, d'hortensias, de fuchsias, admirant ses chalets savoyards, ses villas normandes, sa gare inspirée de celle de Deauville. Un exotisme inversé qui avait déplu à Anna, gênée par tout ce que les agréments de Dalat recelaient d'artificiel – comme une rose d'une forme et d'une couleur parfaites, mais dénuée de parfum.

L'étape suivante du périple, la ville de Hoi An, n'avait pas davantage eu ses faveurs malgré son pont-pagode encadré de statues et l'originalité de son architecture mêlant des styles chinois, français et japonais. Sa mutation de ville morte, quasi abandonnée, en fleuron du Viêtnam nouveau avait été trop rapide. Elle avait vu sa population tripler en deux ans pour se répartir entre le commerce de vêtements sur mesure (on pouvait commander toute une garde-robe pour le lendemain dans n'importe laquelle des dizaines de boutiques qui occupaient plusieurs rues à elles seules) et celui de dessins et de tableaux : les galeries se comptaient elles aussi par dizaines, exposant tant des croquis traditionnels, à l'encre noire sur papier de riz, que les huiles de peintres formés à l'École des beaux-arts de Hué, qui pastichaient les grands maîtres occidentaux. La petite ville au charme raffiné s'était transformée en repoussant attrape-touristes, de même que le site cham de My Son, situé à quelques kilomètres de là, avait perdu son mystère : alors qu'on y accédait autrefois par un chemin de terre tracé au milieu d'une jungle d'où surgissaient les magnifiques vestiges du royaume disparu, une route avait été aménagée, pavée, et l'on avait bâti à quelques mètres des temples de terre ocre et de pierre cuivrée des échoppes de souvenirs garnies d'enceintes géantes diffusant à plein volume de la musique folklorique...

Hué, l'ancienne capitale impériale, avait en revanche conservé le charme d'un autre temps. Pénétrant dans la citadelle ceinte de remparts et de douves sur une dizaine de kilomètres, Anna était passée devant les neuf canons sacrés, défenses symboliques représentant les quatre saisons et les cinq éléments (le métal, le bois, l'eau, le feu, la terre), avant d'emprunter la porte du Midi, dont les divers éléments avaient été agencés pour dessiner l'image de cinq phénix. Le pavillon central, aux bordures décorées de dragons sculptés, était couvert de tuiles vernissées d'un jaune éclatant, signe qu'il s'agissait là de l'entrée réservée à l'empereur, qui pouvait ainsi accéder au palais de la Suprême Harmonie dont les colonnes laquées rouge et or avaient offert leur soutien aux cérémonies les plus solennelles, de l'accueil des ambassadeurs étrangers au choix du prince héritier. Après avoir considéré les urnes dynastiques en bronze, hautes de deux mètres, où étaient gravés les événements majeurs qui avaient rythmé le règne de la dynastie Nguyen, Anna était ensuite entrée dans la Cité interdite, puis dans la Cité pourpre interdite, ville dans la ville à l'usage exclusif de l'empereur et de ses concubines dont ne subsistait presque rien – le théâtre, la bibliothèque, quelques palais. Les trois quarts des somptueux édifices bâtis à Hué par les Nguyen avaient été anéantis, d'abord par les Français, puis par les Américains, les bombardements des seconds lors de la guerre rasant jusqu'aux fondations ce que le pilonnage, le pillage et les incendies des premiers avaient épargné à la fin du XIXe siècle.

Jusque-là, et c'était une impression qui la poursuivait depuis qu'elle avait posé le pied sur le sol vietnamien, Anna n'était pas parvenue à se défaire du sentiment de glisser sur la surface lisse et chatoyante d'une carte postale, quand bien même elle en entrevoyait régulièrement l'envers grâce aux récits de ses parents qui s'efforçaient, en s'appuyant sur leurs souvenirs, de donner une coloration personnelle à tous les lieux qu'ils visitaient. Ces derniers restaient inscrits au sein d'un parcours soigneusement balisé, encadré, qu'il fallait suivre une étape après l'autre, si bien qu'Anna avait beaucoup plus de difficultés à se sentir proche de ce pays qu'elle arpentait à présent depuis deux semaines que lorsqu'elle ne le connaissait que par ouï-dire et m'avait confié, enfant, l'histoire de son grand-père. À cette époque, elle était convaincue que chaque note qu'elle jouait était le maillon d'une chaîne la reliant à la maison au ginkgo, et le Viêtnam était pour elle une terre de légende à laquelle ses rêves seuls donnaient corps, comme le suggérait une question posée à sa mère l'été de ses neuf ans, quand elle avait découvert, émergeant du sable d'une plage de Normandie, un ravissant coquillage aux bords nacrés. Aux compliments de Liên Thi, qui la félicitait de sa trouvaille, Anna n'avait d'abord rien répondu. Puis, passant et repassant les doigts sur les reliefs de son petit trésor, comme si elle tentait de déchiffrer une inscription en braille ou un message secret que l'eau de mer aurait arasé, elle avait lâché, dans un murmure : « Maman, est-ce qu'il y en a d'aussi beaux au Viêtnam ? » La petite fille qu'elle était alors n'aurait pu mieux dire sa fascination – et dans le même temps son ignorance – à l'égard de cette contrée dont l'ombre planait sur elle dès que ses mains caressaient le clavier de son piano. En riant, sa mère lui avait assuré que, « là-bas », les coquillages étaient infiniment plus beaux, colorés et brillants, et qu'elle lui en rapporterait de son prochain séjour... Elle ne le fit jamais, et le fantasme de mon amie n'en acquit que plus de puissance.

Or, quand Anna était enfin arrivée « là-bas », elle s'était sentie désemparée. Elle ne parvenait pas à faire coïncider l'image née de l'histoire familiale et de ses songes personnels et celle, éclatée, pittoresque, artificielle, que ce séjour lui déroulait – elles appartenaient à des univers parallèles. Entamant le voyage, elle avait suivi l'itinéraire de tous ceux qui découvrent le Viêtnam pour la première fois. Ses origines et sa connaissance de la langue en faisaient une visiteuse particulière, une « Viêt kiêu » selon le terme des Vietnamiens restés sur place, qui désignaient ainsi ceux de la diaspora et, par extension, leur descendance. Ils oubliaient seulement qu'Anna, contrairement à ses parents ou à sa grand-mère, n'était jamais partie : elle était née ailleurs, et n'aurait pu sans se mentir parler de retour au pays. Ils ne se sentaient plus chez eux, mais elle ne l'avait jamais été, et ne le serait jamais.

À Hué, cependant, il en était allé autrement, notamment lors de la croisière sur la rivière des Parfums, quand ils avaient fait halte pour aller voir les tombeaux impériaux, monuments entourés de lacs, de collines et de plantes ornementales élevés pour préserver de l'oubli ceux qui avaient régné sur le Viêtnam. Leur beauté qui se voulait immortelle prenait ironiquement, du fait du silence environnant, de la pierre rongée par les ans, des sculptures effritées et des bronzes noircis, une tonalité des plus mélancoliques, donnant à ressentir le caractère éphémère de toutes choses, et en particulier de celles qu'on croyait voir durer toujours. Le pavillon du lac Luu Khiem, construit tout au bord des eaux fleuries de lotus, dégageait une terrible impression d'abandon. Nul n'aurait imaginé que l'empereur Tu Duc y composait un siècle plus tôt des poèmes qu'il déclamait ensuite à ses concubines admiratives. Les dernières années, disait la légende, il y exprimait le remords d'avoir étouffé dans le sang la révolte des ouvriers forcés de travailler à son ultime demeure, et son désespoir de n'avoir apporté à son pays ni lustre, ni puissance, pas même un héritier capable de redorer son blason tristement terni… Ses chants avaient été emportés comme la poussière dans le vent, mais Tu Duc avait bien veillé à faire graver ses regrets et ses errements sur une stèle contant son destin, ce qui avait valu à son mausolée le surnom de « tombeau de la Modestie ».

Celui de l'empereur Minh Mang était, à l'opposé, le plus majestueux de tous, reflétant le despotisme et le sens de la grandeur du souverain. Minh Mang avait gouverné son pays d'une main de fer : il avait multiplié les constructions à l'intérieur et à l'extérieur de la citadelle, agrandi démesurément le palais de la Suprême Harmonie et la porte du Midi, mais aussi le territoire national, n'hésitant pas à annexer, sans se soucier de la réaction du Siam, l'intégralité du Cambodge. La porte principale de son monument, constituée de trois entrées surmontées de vingt-quatre toits ployant sous la richesse de leurs ornements, ouvrait sur une cour à quatre niveaux gardée par des soldats, mandarins, éléphants et chevaux de pierre, à laquelle succédait une autre porte, qui ouvrait à son tour sur le temple de la Grâce immense – abritant les tablettes funéraires du couple impérial – avant qu'une dernière porte vînt clore l'espace réservé au culte. Une enfilade de trois passerelles surplombant le lac Truong Minh permettait ensuite d'accéder au pavillon de la Clarté, encadré de hautes colonnes derrière lesquelles s'étendaient deux jardins formant vus du ciel l'idéogramme de la longévité.

Puis un autre lac en croissant de lune cernait l'enceinte de la tombe proprement dite, édifiée sur une colline à laquelle menaient les ponts de l'Intelligence et de la Droiture, auxquels succédait un escalier composé de trois cent trente-trois marches de pierre exactement... Minh Mang avait mené une existence glorieuse, dure, rutilante, et il avait voulu un mausolée qui en rendît compte par son étendue, son architecture, la somptuosité de son aménagement et de sa décoration. Cependant, si Tu Duc avait échoué dans sa vie, ne retenant de son séjour sur terre que le regret de n'avoir pas été à la hauteur de ce qu'il espérait, Minh Mang avait échoué dans sa mort : les travaux qui lui tenaient tant à cœur avaient tout juste débuté lorsque la maladie l'avait vaincu, et il avait laissé à son fils Thieu Tri le soin de les achever, bien après sa disparition.

Anna avait alors pensé à son grand-père maternel et à la demeure qu'il avait mis tant d'années à bâtir et si peu d'heures à détruire – elle avait été son véritable tombeau, en définitive, bien plus que le petit mémorial de marbre blanc où Anna et sa mère iraient brûler quelques bâtons dès le lendemain, à leur arrivée à Nha Trang, la ville natale de Liên Thi. Le frère et la sœur de cette dernière, ainsi que tous leurs enfants, étaient solennellement venus les accueillir avant de les accompagner au cimetière, où tout avait été préparé pour la cérémonie. Quelque peu étourdie par cette cascade de noms et de visages (elle avait dénombré une douzaine de parents, sans compter les conjoints et les fils et filles), Anna avait salué les uns et les autres comme elle pouvait, la mâchoire douloureuse à force de sourires. Un intense sentiment de gêne la taraudait ; sa ressemblance physique avec ses cousins et cousines ne faisait que souligner ce qui les séparait simplement parce qu'elle était née en France et non au Viêtnam. Contrairement à eux, elle ne savait pas ce que c'était que d'habiter avec trois autres générations sous le même toit, de vivre sans électricité ni eau courante, de toucher avec six mois de retard la moitié du salaire promis par le gouvernement ou de se lancer dans un trafic de médicaments occidentaux pour ne pas mourir de faim. Elle n'avait pas non plus eu peur d'être dénoncée, jetée en prison et exécutée pour un crime imaginaire, ni connu l'ennui des jours sans argent, sans espoir, sans avenir. Non seulement elle avait reçu, juste en voyant le jour, la sécurité affective et financière, la liberté de choisir et de s'exprimer, la possibilité de construire son existence comme elle l'entendait, mais elle était la fille de cette tante à qui ils devaient leur survie d'autrefois et leur réussite d'aujourd'hui – Liên Thi avait fourni à chacun de ses neveux et nièces la somme nécessaire pour démarrer qui son affaire de quincaillerie, qui son élevage d'œufs couvés, qui son commerce de matériel électronique.

Les échanges avec sa famille avaient beau être chaleureux, Anna ne parvenait pas à se défaire de son malaise. Ses cousins ne pouvaient la considérer autrement que comme l'enfant de la tante d'Amérique et elle avait du mal à considérer comme allant de soi leurs manifestations de joie et de respect à son égard. Aimer quelqu'un à qui l'on doit beaucoup, et en particulier beaucoup d'argent, est en soi une épreuve ; mais sa progéniture ? Les marques de gentillesse et d'intérêt qu'Anna recevait l'embarrassaient donc autant qu'elles la touchaient. Dès qu'elle en avait la possibilité, elle s'échappait sur la plage, située à cinquante mètres de l'hôtel où ils s'étaient installés, à présent qu'il en existait. Autrefois, lui avait raconté sa mère, cette plage n'offrait pas d'autre attraction qu'elle-même : c'était tout juste si l'on pouvait louer une chambre à air en guise de matelas pneumatique et éventuellement acheter un gobelet de cacahuètes. Le développement aidant, le rivage était désormais envahi de touristes et de marchandes ambulantes proposant des bracelets colorés, des séances de massage, des manucures sur le sable, des barbecues de coquillages et fruits de mer, des entremets au gingembre ou à la noix de coco. Anna tâchait de se perdre dans la foule, de se noyer dans son grouillement de parfums de sel, de sueur et de nourriture, de sons indistincts et de couleurs vives, d'oublier que les siens n'étaient pas vraiment les siens et qu'il n'en serait jamais autrement. À tout prendre, elle aurait presque préféré retrouver son détachement premier, ce vernis lui donnant le sentiment d'évoluer dans un décor de théâtre, qui s'était fragilisé à Hué et à présent se fissurait, s'écaillait, menaçait de tomber d'elle comme une mue, non pour lui permettre de faire corps avec sa famille et son pays, mais au contraire pour révéler qu'elle n'appartenait ni à l'une, ni à l'autre, alors que tant d'éléments, en apparence, poussaient à croire le contraire.

Lorsqu'elle avait souhaité se rendre sur les lieux où s'était élevée la maison de son grand-père pour se recueillir sur ses ruines, il lui avait été répondu que c'était impossible car celles-ci n'existaient plus. Les autorités, qui avaient récupéré le terrain, y avaient fait construire une salle destinée aux réunions politiques de l'antenne locale du parti, et recouvrir les anciennes fondations d'une chape de ciment. Du rêve de son grand-père ne subsistait pas le moindre fragment de pierre ou de charpente, rien du portique majestueux, rien même du ginkgo qui participait de la légende de la demeure disparue : il avait été abattu et on avait arraché jusqu'à ses racines car il gênait les plans de l'architecte, désireux d'effacer toute trace de ce qui l'avait précédé pour édifier un bâtiment entièrement neuf, dans un espace nettoyé avec méthode avant d'être bétonné et asphalté. Anna avait ainsi vu réduite à néant une de ses aspirations les plus profondes – voir incarnée l'image qui la hantait depuis son enfance et lui avait inspiré le courage de se lancer dans une carrière de virtuose. Deux ou trois débris, les délimitations des pièces au sol, quelques feuilles de l'arbre aux quarante écus lui auraient suffi ; c'était apparemment trop demander. Enfin. Peut-être était-ce mieux ainsi : n'ayant pas eu à confronter le mythe qu'elle portait en elle à son existence concrète, elle en garderait l'image que son imagination seule avait modelée, sans plus craindre d'être déçue, et qui sait si en définitive la chape coulée par les autorités communistes, loin de détruire la fable, ne l'avait pas au contraire préservée des atteintes, parfois dévastatrices, du réel…

C'est sur ces impressions mitigées qu'elle avait entamé les visites d'adieux à ses cousins et cousines. « Cela fait partie des rites de l'hospitalité vietnamienne, avait expliqué sa mère à Anna. Nous nous devons mutuellement du temps et de l'attention, et, pour notre part, le pire des impairs à commettre serait de ne pas honorer de notre présence la demeure de chacun d'entre eux, sans exception. » Depuis qu'ils avaient mis sur pied leur affaire, tous avaient quitté la ferme où ils s'étaient serrés les uns contre les autres pendant tant d'années, pour se construire un logement à soi dans Nha Trang. Ils ne s'étaient pas pour autant dispersés : ils avaient acheté une dizaine de terrains mitoyens tout le long d'une des artères les plus importantes de la cité et entrepris de bâtir des maisons semblables, parallélépipèdes d'une blancheur éclatante, tout en hauteur et pourvus d'un balcon. Dans un soupir résigné, Anna s'était donc préparée à franchir dix seuils, à siroter dix tasses de thé, et à déguster une dizaine de variétés de fruits – la seule distraction qu'elle aurait, sans doute, entre deux remerciements pour l'accueil et la gentillesse de chacun. Elle grignoterait une pomme cannelle, un morceau de fruit du dragon, une poignée de litchis, de minuscules et savoureux quartiers de mangoustan, et cela lui permettrait d'oublier les paroles insipides qu'elle serait forcée de prononcer durant tout l'après-midi...

Elle n'avait pas prévu que l'ennui céderait la place à la fascination. Chacune des habitations dans lesquelles elle entrerait ce jour-là était effectivement une réplique presque parfaite des autres, non seulement à l'extérieur, mais à l'intérieur. Certes, les tons d'ensemble changeaient, tendaient vers l'ocre, le bleuté, le jaune pâle ou encore l'orangé ; mais chacune, construite avec les mêmes matériaux, présentait la même distribution des pièces – au rez-de-chaussée le magasin dans lequel on s'enfonçait jusqu'à tomber sur un escalier menant aux étages à vivre – avec chaque fois le même séjour, le même sol carrelé permettant de maintenir une certaine fraîcheur entre les cloisons de parpaings, la même disposition des meubles dans le salon, qui comprenaient une longue et large banquette de bois sombre, verni et sculpté, des chaises assorties, des coussins, une table basse sur laquelle étaient posés plateaux, tasses, théière et assiettes de fruits. Et puis, juste en face, accrochée au mur nu, une photo. Celle qu'Anna avait toujours vue dans son propre salon, où elle jouait avec tant de persévérance, que ce soit en France ou en Californie : celle de son grand-père debout devant la maison au ginkgo, image d'une grandeur disparue contrastant étrangement avec le reste du décor de chacune des demeures où elle était affichée – habitations modernes et impersonnelles où avaient emménagé ses cousins, emblèmes de leur toute récente aisance, dont le confort sans fioritures disait leur pragmatisme et une prospérité qui n'avait pas été héritée, mais gagnée à la sueur de leur front.

Tout l'après-midi, d'un logement à l'autre, Anna avait fixé la photo, symbole du désir de ces cousins, qu'elle avait crus si éloignés d'elle jusqu'alors, de s'inscrire dans la légende familiale, en gardant en mémoire ceux ou plutôt celui qui les avait précédés. « La maison dans la maison... », avait songé Anna, qui s'était tout d'un coup demandé si elle ne s'était pas trompée du tout au tout, non seulement lors de ce voyage, mais depuis toujours. Peut-être avais-je tort de penser que ce pays était faux parce qu'il ne correspondait pas à l'idée que je m'en étais faite – peut-être est-ce moi qui suis fausse. Peut-être ai-je vécu dans l'illusion la plus totale tout ce temps où j'ai joué au piano en pensant à mon grand-père ; peut-être ai-je vécu une histoire qui n'était pas la mienne, mais la leur. Peut-être cette photo est-elle moins le signe que nous appartenons à la même famille que celui de tout ce qui nous différencie au sein de cette famille. Ils ont édifié une réalité en dur, comme grand-père. Et moi j'ai bâti une chimère sur du sable, quelque chose d'impossible à incarner, quelque chose qu'on ne peut ni voir, ni toucher, ni photographier. Quelque chose qui n'est plus rien à présent que je n'arrive même plus à desserrer le poing lorsque je suis devant un clavier...

Tout l'après-midi, aucun des cousins d'Anna n'avait semblé remarquer, tandis qu'on échangeait les politesses de rigueur, son visage crispé, ciré de larmes qui refusaient de couler.

Elle avait passé la fin du voyage dans une sorte d'absence et n'avait rien retenu de la baie d'Along, de Hanoi, de Sapa. Incapable de prêter attention à ce qui se passait autour d'elle, elle était restée aveugle au charme du quartier des Trente-Six Rues, du temple de la Littérature, du lac de l'Ouest et de ses promenades romantiques. À la pagode des Parfums surplombant la rivière Yen comme aux villages hmongs des montagnes et rizières de Sapa, où le temps semblait s'être arrêté. C'est que pour Anna aussi le temps s'était arrêté : où qu'elle se trouvât, elle n'avait pensé qu'à cette photographie dix fois retrouvée, dix fois accrochée au même endroit dans dix maisons identiques, dix pavillons flambant neufs auxquels on s'efforçait pourtant d'insuffler une âme, une seule. Au cours de ce voyage, l'image de son grand-père devant sa propriété avait cessé d'être à la fois la métaphore et l'objet de la quête qu'Anna portait en elle pour devenir le miroir de son égarement ; une main venue d'on ne savait où avait écarté le rideau pour dévoiler des coulisses dont elle n'avait pas un seul instant soupçonné l'existence. Anna s'était raconté une belle histoire, comme les enfants qui croient aux légendes qu'on leur lit le soir avant de s'endormir, et celle-ci s'accordait si parfaitement avec ce qu'elle avait besoin d'entendre qu'elle n'était jamais allée voir au-delà. Dans l'avion, au retour, elle avait longuement observé sa main paralysée, songeant qu'elle avait peut-être été une façon de refuser un héritage qui n'était pas véritablement le sien, de protester contre une voie qu'elle avait certes choisie, mais choisie pour de mauvaises raisons...

Son amour de la musique était sincère, cependant, et profond. De retour en Californie, Anna n'avait d'ailleurs pas coupé les ponts avec ce monde : elle enseignait dans un petit conservatoire et, de la même façon que Paul Wittgenstein, le pianiste que la Première Guerre mondiale avait rendu manchot, trouvait les meilleurs doigtés pour les partitions en les jouant « de tête » faute de pouvoir les tester sur le clavier, Anna n'avait eu aucun mal à former à son instrument des élèves jeunes et moins jeunes, bien qu'elle-même fût dans l'impossibilité d'exécuter le moindre morceau. « On ne se doute pas des méandres qu'empruntera son existence, lorsqu'on est petit. Tu ne trouves pas ? J'avais toujours imaginé que ma vie serait une ligne droite tracée jusqu'à une seule et unique destination : une salle de concert. Et voilà où j'en suis aujourd'hui. Étrange... » Pas plus étrange pourtant que le pas de deux de nos trajectoires, notre rapprochement dans l'enfance, notre éloignement à l'orée de l'adolescence, notre réunion aujourd'hui, dont j'étais incapable de déterminer si elle était due au destin ou au hasard – et peu m'importait, au fond, du moment qu'Anna était là.

Elle était de passage en France quand elle avait lu l'annonce de la mort de ma grand-mère dans le journal et elle avait décidé, après quelques hésitations, de se rendre à l'enterrement ; elle avait un instant été retenue par la crainte de me mettre dans l'embarras en apparaissant sans prévenir alors que nous ne nous étions pas vus depuis quinze ans – elle avait peur que je ne l'eusse oubliée. Je lui ai répondu que j'avais essayé, sans y réussir. La déclaration l'a fait rire. Un rire lumineux qui m'a ramené à tout ce que je ressentais pour la fillette qui se tenait à mes côtés devant l'enclos aux moutons et me donnait la fièvre simplement en me tenant la main...

« Et toi, qu'as-tu fait durant tout ce temps ? » a soudain demandé Anna, interrompant le cours de mes souvenirs qui avaient retrouvé leur éclat grâce à sa seule présence. Pas grand-chose, ai-je répondu. Si peu, même, que cela ne valait pas la peine d'en parler. Alors je me suis tourné vers elle, qui m'a souri, l'air un peu étonnée, je me suis penché sur elle, et ses lèvres étaient aussi douces, et souples, et tendres que je me l'étais imaginé quand j'étais adolescent et que je me désespérais du silence de celle que j'aimais, persuadé qu'elle s'était résolue à poursuivre sa route de l'autre côté de l'océan en faisant table rase du passé, et que je ne la reverrais jamais.

## FASCINANT FAUSSAIRE : PAUL DESROCHES, L'HOMME DE L'ANNAGATE

Par Joseph Maillet, *Le Monde*,
le 12 janvier 2009

*Voilà trois mois maintenant que « l'Annagate », comme l'ont surnommé certains confrères anglo-saxons, a déclenché un véritable séisme dans le milieu traditionnellement très feutré de la musique classique : il a été démontré de manière irréfutable que les cent deux CD prétendument enregistrés par la pianiste Anna Song, décédée en juin 2008, sont des faux. Tous participent d'une vaste entreprise de plagiat qui aura dépouillé quatre-vingt-sept pianistes de leur travail et de leurs performances*[1]. *Paradoxalement, cependant, le scandale aura en définitive plus favorisé que desservi les intérêts de certains interprètes, dont l'œuvre s'est retrouvée*

1. Pour connaître les véritables auteurs des interprétations attribuées à Anna Song, voir le site www.derrièreannasong.com, qui les recense et précise de façon détaillée les morceaux qui leur ont été « empruntés ».

*sous les projecteurs grâce à cette affaire, qui aura joué le rôle de banderole publicitaire aussi bien que de caution artistique : avoir été la victime d'Anna Song est devenu un label en soi, et l'un des plus à la mode en ce moment, ce qui n'est pas la moins ironique des conséquences de cette singulière escroquerie.*

*Si les faits sont désormais établis, quelques zones d'ombre subsistent cependant : on ne connaît ni le degré de complicité d'Anna Song, ni les raisons qui ont poussé Paul Desroches à agir comme il l'a fait. Il paraît difficile d'imaginer que la musicienne n'ait jamais rien su de ce qui se tramait (les interviews qu'elle a données avant sa disparition corroboraient parfaitement les dires de son mari). Quant à la seconde question, elle se révèle d'autant plus épineuse que Paul Desroches non seulement ne répond ni à ses mails, ni à son téléphone, mais semble avoir déménagé précipitamment de son domicile : ses voisins affirment ne pas l'avoir aperçu depuis plusieurs semaines.*

*Pour August Tafel, le directeur de BAC Records (la maison qui a entre autres produit le CD original des* Variations Diabelli *de Beethoven par Mario Cojazzi, le premier des « faux » à avoir été identifié), Paul Desroches n'a rien fait d'autre, dans son désespoir, que de rendre un ultime hommage à sa femme mourante. « Il s'agit d'un scandale effroyable, qui éclabousse les journalistes et l'ensemble de l'establishment musical, et ne va pas améliorer la crédibilité des uns et des autres auprès du public ; quant à Paul Desroches, il a triché, menti à chacun d'entre nous, et trahi jusqu'à l'idée même de déontologie artistique. Pour autant, son geste prend une autre dimension quand l'on considère qu'il intervient au sein d'une tragédie qui a frappé de plein fouet un homme et une femme qui s'aimaient, et dont le piano était toute la vie. » De ce fait, Tafel n'envisage pas de poursuivre en justice Paul Desroches, rejetant au passage l'hypothèse de desseins purement intéressés : « Piano solo, qui n'a jamais eu de moyens dignes de ce nom, est pourvu d'une distribution très limitée, et rapporte peu d'argent. Il y a eu fraude à grande échelle, certes, mais le bénéfice en termes financiers est presque nul, contrairement à ce qu'affirment beaucoup de magazines qui s'abandonnent à leurs fantasmes de sensationnalisme au lieu d'examiner sérieusement leurs sources. Je serais très surpris qu'Anna Song ait vendu plus de dix mille disques au final. »*

*Une enquête plus poussée sur le passé de Paul Desroches suggère cependant que les choses ne sont pas aussi simples, ni aussi romantiques que le suppose le directeur de BAC Records, même si la piste des motivations vénales semble bien devoir être écartée. L'époux d'Anna Song possède en effet une solide expérience en matière de mystifications et n'a jamais rechigné à employer les méthodes les plus douteuses pour faire son chemin dans l'industrie de la musique... En 1979, six ans avant son mariage, Desroches travaille en free-lance dans la communication. C'est alors qu'il décide de s'associer avec Roger Fargent, propriétaire d'une usine de disques, pour créer la société Musiqualité, dont il a en charge la poli-*

*tique artistique. Dès l'année suivante, il enregistre à Budapest un pianiste hongrois du nom de Gi″orgy Kovacs dans le* Concerto en sol *de Ravel. Musiqualité fait faillite au début des années 1980, lorsque Roger Fargent quitte la France pour les États-Unis (où il connaîtra un destin de série B : paranoïaque et dépressif, il se lie avec un* escort boy *dont la police retrouve le corps mutilé dans une malle, et finit par se suicider en 1986, après avoir exécuté sa logeuse d'une balle dans la tête...).*

*De son côté, Paul Desroches crée alors un nouveau label, Lyrically (comme le fameux tableau de Kandinsky), dont le catalogue ne tarde pas à afficher un* Concerto en sol *de Ravel interprété par un certain Marc Hansen (piano) et le prétendu Stanford Philharmonic, dirigé par Carl Rugenfeld. Tous ces noms sont évidemment fictifs : le disque constitue en fait le premier des nombreux avatars de la version de Kovacs, qui réapparaîtra successivement sous les patronymes de Sergi Garcia, Paul Anis, Harry Golden, Johannes von Bahr... Lyrically distribue des artistes sous différents pseudonymes : Paul Desroches s'adonne à une pratique, bien peu glorieuse, qui commence à se répandre. Dans le même temps, il se confirme qu'il n'a aucun sens des affaires : la société ne tarde pas à péricliter et Desroches se lance alors dans une entreprise sans rapport avec la musique (l'import-export de radios-réveils !), qui échoue à son tour, avant de fonder CFR Records peu de temps après son mariage avec Anna Song.*

*C'est dans ce contexte que Gi"orgy Kovacs refait parler de lui : après avoir mis sa carrière entre parenthèses pendant quinze ans afin d'enseigner le piano, il décide de remonter sur scène. Nous sommes au milieu des années 1990. Les recensions sont dithyrambiques et les spectateurs enthousiastes. Devant le succès, le label Phénix prend le musicien hongrois sous contrat et jusqu'à la mort de Kovacs, cinq ans après, produit huit disques auxquels la presse et le public réservent un accueil triomphal. Délaissé pendant des années, Gi"orgy Kovacs entre dans le panthéon des pianistes-« cultes ». Paul Desroches en profite pour remettre sur le marché, sous l'égide de son dernier « bébé », Piano solo, ses propres enregistrements de Kovacs, sans hésiter à clamer haut et fort le nom du virtuose. Il entre ainsi en contact avec les critiques les plus influents du moment... et, quelque temps plus tard, leur envoie des disques signés d'une certaine Anna Song, accompagnés d'un mot sollicitant leur avis.*

*« L'Annagate » n'est donc que la partie émergée de l'iceberg : ce n'était pas la première fois que Paul Desroches lançait des disques en exploitant l'image d'un artiste oublié. On notera cependant une différence de taille : les morceaux de Gi"orgy Kovacs, contrairement à ceux d'Anna Song, étaient authentiques. Paul Desroches, qui a entamé sa carrière de producteur en démultipliant les identités d'un unique pianiste, l'a achevée en puisant chez des dizaines d'interprètes tantôt célèbres, tantôt inconnus, mais toujours extrêmement talentueux, pour nourrir le mythe*

*qu'il avait construit autour de sa musicienne préférée – sa femme. Il a ensuite diffusé ledit mythe avec une maestria digne des meilleurs communicants – ou des plus grands illusionnistes. D'évidence, une forte inclination pour la mystification et le plaisir de tromper son monde semble bien être à l'origine des agissements du directeur de Piano solo au même titre, et davantage, qui sait, que l'amour désespéré pour une épouse à l'agonie.*

Anna est restée à mes côtés, cette nuit-là. Au petit matin, elle s'est endormie dans mes bras, au creux de mon épaule. J'étais terriblement heureux de la sentir blottie contre moi, sa chaleur mêlée à la mienne, son souffle caressant mon cou, son bras posé sur mon torse. Sa peau était d'une extraordinaire douceur, plus veloutée qu'une rose tout juste épanouie, et je ne cessais de passer ma main sur sa hanche, son dos et sa nuque, suivant les courbes de son corps dans un long et lent embrassement où je sentais se dissoudre tous les soucis et les chagrins qui m'avaient pesé jusqu'à ce jour. Dans ma joie, j'ai seulement été traversé par une pensée émue pour ma grand-mère, songeant que c'était elle, autrefois, qui m'avait mené à Anna afin que je me sente moins seul dans ma nouvelle école et me la ramenait aujourd'hui afin que je me sente moins seul dans ma vie. Jusque dans sa mort, elle avait veillé sur moi, comme si elle avait voulu compenser la douleur de sa disparition par le plus merveilleux des dons : le retour d'Anna, non sous la forme d'une vision fantomatique surgissant à l'angle d'une rue et s'évanouissant dès que je tâchais de la saisir, mais en femme de chair et de sang que je serrais à présent comme la seule chance de bonheur que j'aie jamais eue, et dont j'espérais qu'elle demeurerait à mes côtés pour le restant de mon existence.

À son réveil, Anna m'a murmuré « bonjour » tout en me fixant de ses yeux noirs, plus sombres qu'un lac en hiver, mais un lac au fond duquel brûlait une flamme intense, couleur d'or mat, que ni l'eau, ni le vent n'étaient à même d'éteindre tant elle lui appartenait en propre, émanant de sa seule personnalité. J'ai déposé un baiser sur ses lèvres, et elle m'a souri avant de se redresser et de promener son regard dans la pièce, notant avec amusement, et un certain trouble, que rien ou presque n'avait changé en ce lieu qu'elle avait connu enfant ; on aurait dit une photographie sous verre. Je lui ai assuré que j'avais bien dépassé le stade de l'adolescence : je vivais en fait dans un appartement parisien, et n'avais jamais trouvé un moment pour changer la décoration de mon ancienne chambre, ni d'ailleurs senti la nécessité de transformer cet espace que je revenais occuper le temps d'une nuit, un week-end sur deux ou sur trois. Cela ne me déplaisait pas, alors, de remonter les ans, et de me souvenir de celui que j'avais été – après tout, c'était dans ce même lit où nous nous trouvions aujourd'hui que j'avais lu les lettres d'Anna et écouté les disques qu'elle m'avait offerts – que j'avais fantasmé nos retrouvailles, aussi.

Anna m'a demandé si la réalité était à la hauteur de mon imagination, à quoi j'ai eu beau jeu de répondre que j'avais cessé de croire que nous nous reverrions depuis si longtemps que tous les scénarios que j'avais envisagés s'étaient mélangés en un improbable amalgame. De toute façon, rien de ce que j'avais conçu dans mon esprit n'avait plus d'importance à présent qu'Anna était là. Je n'avais plus ni envie, ni besoin d'« imaginer » ce qui nous attendait, puisque j'allais pouvoir le vivre – à moins qu'elle ne m'annonce que cette nuit avait été une erreur, qu'elle était mariée avec deux enfants et/ou qu'elle avait décidé de s'installer définitivement au pôle Nord... Et dans ce dernier cas de figure, l'ai-je prévenue, elle n'était pas sûre de me décourager : je n'avais plus ni obligation, ni attache à présent que ma grand-mère nous avait quittés, et j'étais donc libre de l'accompagner jusque sur la Lune s'il le fallait.

Mais Anna n'éprouvait aucun désir d'emménager dans un pays lointain et peu hospitalier, n'avait ni époux, ni progéniture cachée. Cette nuit passée ensemble a donc marqué le début ou plutôt la reprise de notre histoire. Le sentiment de familiarité, d'intime connivence, que nous avions éprouvé sitôt que nous nous étions revus, ne s'est pas démenti. Les choses entre nous allaient de soi, elles étaient toujours allées de soi, comme lorsque nous étions enfants et qu'il nous semblait, réfugiés dans la chambre de Liên Thi où nous écoutions les disques préférés d'Anna, que nous étions seuls au monde, et que rien ne comptait à part elle, et moi, et la musique. Je l'aurais volontiers suivie en Californie, si elle l'avait désiré, mais elle préférait revenir en France ; elle lui évoquait davantage de bons souvenirs que l'Amérique, où reposaient la plupart de ses illusions. Elle a donc entamé des démarches en ce sens, et cherché du travail comme professeur particulier et dans les conservatoires locaux, la brève renommée qu'elle avait acquise aux États-Unis avant sa paralysie ne s'étant pas étendue jusque dans son pays natal.

Nous nous aimions, et prévoyions donc de nous installer, de vivre et de vieillir ensemble, comme dans les contes de fées, mais les choses étaient loin d'être aussi simples et solaires que dans un conte : passé les premières semaines, les premiers mois d'euphorie, je me suis rendu compte que tout mon amour ne suffirait jamais à faire oublier à Anna ce que son mal lui avait enlevé. Elle ne s'est plainte à aucun moment, ce n'était pas son genre, mais ses gestes parlaient pour elle : elle avait fait installer un piano droit dans l'appartement de la rue Toullier et tous les jours, en se levant, elle testait sa main, avec cette idée que, puisque son handicap avait surgi un beau matin de nulle part, il pourrait bien s'en aller pareillement, et disparaître de lui-même... En dépit des consultations infructueuses, des opérations inutiles, des traitements aussi lourds qu'inappropriés, elle gardait l'espoir de retrouver un jour ses capacités d'antan. Il ne lui restait plus rien à part cette frêle mais inextinguible conviction qui peu à peu la consumait sans qu'elle eût la force de s'en débarrasser.

Elle s'asseyait donc quotidiennement face au clavier, pour tenter de jouer quelques mesures de la *Rêverie* ou de la *Ballade* de Debussy, ou encore d'une transcription d'une symphonie de Beethoven par Liszt, avant de s'interrompre dans une suite de couacs qui retentissaient de manière cruelle, comme tombe un couperet. Rien ne me déchirait davantage que d'entendre ces fragments épars, ces bris sauvés d'un naufrage qui témoignaient de la richesse et de la beauté de son répertoire passé, à présent réduit à un brouet informe de notes sur lesquelles elle ne faisait que trébucher, encore et encore, désespérant d'en extraire la moindre phrase, la moindre mélodie. Mon cœur se serrait tandis que je voyais les épaules d'Anna s'affaisser un instant sous le coup de la déception, puis se redresser dans un sursaut avant d'entamer la journée comme si de rien n'était, en silence. Sans le moindre commentaire sur l'échec qu'elle venait de subir – échec d'autant plus terrible qu'elle n'en était pas responsable et ne pouvait y voir qu'un obscur acharnement contre elle, sa persévérance, et ses dons qui lui avaient été retirés de la même façon qu'ils lui avaient été donnés : sans raison.

J'aurais voulu lui dire de se résigner et d'accepter cette situation, aussi intolérable fût-elle – de faire son deuil des promesses que la maladie l'avait empêchée de tenir. Elle n'aurait pas la gloire dont elle avait rêvé, ni la carrière qui aurait dû être la sienne, soit ; elle ne ferait pas autant honneur qu'elle l'avait imaginé à sa famille, à son grand-père, à ses parents ; elle ne serait pas l'artiste accomplie qu'elle avait été si près de devenir. Mais elle m'avait, moi ; nous *nous* avions. J'avais admiré sa musique, qui avait certainement contribué à la fascination que j'éprouvais pour elle, enfant. Mais c'était elle que j'aimais. Elle que je tenais contre moi la nuit et qui me charmait par sa gentillesse, sa douceur, ses accès de mélancolie qui tendaient sur son visage un voile de lumière pâle, donnant à sa peau la teinte d'une perle unie, où ressortait d'autant mieux son regard noir, ombré de longs cils. Elle dont le refus de renoncer, l'obstination à lutter m'impressionnaient toujours davantage alors même que je tentais de la convaincre de tourner la page et de ne plus s'épuiser dans cette quête insensée...

Nous étions mariés depuis près d'un an lorsque la mère d'Anna lui a parlé d'un médecin, le Dr Wallace, qui avait examiné des personnes atteintes du mal étrange qui avait étouffé ses aspirations. Trois semaines après, Anna montait dans l'avion pour venir le consulter. Elle n'osait trop y croire, mais connaissait suffisamment sa mère pour savoir qu'elle ne l'aurait pas envoyée vers ce nouveau spécialiste s'il n'y avait pas eu au moins une chance de sortir de l'impasse. Le Dr Wallace s'est révélé un pionnier dans le traitement de patients souffrant des mêmes symptômes qu'Anna, qui a alors appris qu'elle était loin d'être la seule victime de ce que l'on appelait – car ce qui l'avait brisée portait un nom – la dystonie ou plus vulgairement la crampe du musicien, par assimilation à la crampe de l'écrivain. Un terme qui n'était pas totalement approprié car les violonistes, pianistes et autres cornistes qui en étaient atteints n'éprouvaient aucune douleur. Ils se révélaient juste incapables de contrôler l'action de certains petits muscles jouant un rôle-clef dans la pratique de leur instrument, qui se crispaient sur eux-mêmes sans qu'ils pussent rien y changer.

Le fait d'avoir posé un nom sur sa paralysie a été en soi un soulagement pour Anna. C'était un premier pas, et loin d'être négligeable, dans la mesure où l'on ne peut pas guérir ce que l'on ne connaît pas... Cependant le Dr Wallace ne prétendait pas faire de miracles, ainsi qu'il l'expliquerait à Anna – Anna qui s'efforçait de modérer l'emballement qui l'avait saisie lorsqu'elle avait su que sa pathologie avait été identifiée, classée, répertoriée, et qu'il ne s'agissait pas d'une maladie imaginaire ou psychosomatique. En dépit des dizaines et des dizaines de cas auxquels il avait été confronté, avait répété le médecin, qui ne voulait pas lui donner de faux espoirs, il n'avait pas réussi à découvrir la source de cette dystonie. Toutes les études qu'il avait conduites ou lues tendaient simplement à démontrer que son origine était cérébrale et non psychologique ou psychiatrique, même si l'anxiété et le stress inhérents à l'activité d'un virtuose pouvaient influer sur le déclenchement du syndrome, plus certainement favorisé, à vrai dire, par des facteurs génétiques alliés aux répétitions obsessionnelles des mêmes gestes dont tout musicien faisait son lot quotidien.

N'ayant pas suffisamment avancé pour déterminer les causes du problème, le Dr Wallace ne disposait pas de remède, mais il avait mis au point une parade qui pouvait apporter une amélioration sensible à l'état du patient : il injectait d'infimes doses de toxine botulique au sein même des muscles contractés, pour les assouplir de telle façon que l'artiste récupère, au moins en partie, la maîtrise de ses doigts. Bien que la moitié de la main d'Anna eût la dureté d'un caillou, il n'était pas impossible qu'elle pût reprendre le piano pour peu qu'on associât à ce traitement divers compléments thérapeutiques – ainsi notamment d'une technique de massage qui renforcerait les propriétés relaxantes de la toxine. Le médecin a précisé à Anna que, même si elle retrouvait toutes ses aptitudes, l'effet ne serait pas permanent : il faudrait renouveler les injections dès que les terminaisons nerveuses se seraient régénérées et que l'organisme aurait évacué le produit, soit tous les trois ou quatre mois. Par ailleurs, il arrivait que l'action du traitement s'affaiblît sur le long terme – le processus de guérison nécessitait une rééducation de fond qui promettait d'être difficile et, là encore, sans aucune assurance de réussite.

Je me rappellerai toujours la première fois où j'ai entendu Anna jouer dans notre appartement : elle avait préféré ne me tenir au courant de rien ou presque – elle avait été trop souvent déçue dans ses attentes pour me faire partager celle-ci – et lorsque la *Pavane pour une infante défunte* a résonné dans la pièce, hésitante, précautionneuse, mais indéniablement *là*, et que la musique d'Anna s'est élevée et peu à peu affermie, je n'ai pas été loin de croire au miracle que le Dr Wallace lui avait demandé de ne surtout pas envisager comme tel... Je me suis approché d'elle, le regard fixé sur cette main que j'avais vue si ankylosée qu'on l'aurait dite déformée par un bizarre et monstrueux rhumatisme. Elle se mouvait à présent avec une délicatesse où l'on sentait toute l'appréhension mais aussi tout le bonheur qu'Anna avait à jouer de nouveau. Lorsqu'elle a plaqué les derniers accords de la *Pavane*, après un ruissellement de doubles croches au-dessus desquelles surnageait un chant très haut et très pur dont son petit doigt avait marqué chaque note avec la parfaite maîtrise que je lui avais connue vingt ans plus tôt, je n'étais pas loin de pleurer. Elle s'est tournée vers moi, avec sur les lèvres et dans les yeux le plus resplendissant des sourires, et, incapable de dire quoi que ce soit, je l'ai prise dans mes bras et serrée contre moi.

Pourtant je savais déjà que ce renversement de situation, certes spectaculaire, ne suffirait pas. Il serait beaucoup plus difficile pour Anna de reconquérir le public et la notoriété qu'elle était sur le point d'obtenir lorsqu'elle était une enfant prodige sur sa lancée, qu'à l'âge qu'elle avait aujourd'hui, alors qu'elle n'était passée par aucun établissement d'envergure nationale ou internationale, aucun concours prestigieux, et avait été de fait coupée des possibilités de rencontres qui construisent pierre après pierre la trajectoire d'un musicien professionnel. Et puis il y avait autre chose – quelque chose de bien plus grave, que je ne pouvais avouer à Anna mais qui m'est apparu de plus en plus clairement au fur et à mesure qu'elle recouvrait ses capacités. Elle jouait bien, très bien, extrêmement bien, même, mais ses morceaux ne me donnaient plus le sentiment de contenir une aspiration à l'infini, ils ne faisaient plus entendre cette vibration qui vous arrachait à la réalité pour vous transporter dans un univers sublimé. Ils avaient cessé de m'émouvoir comme ils m'avaient ému lorsque j'avais dix ans. L'exécution d'Anna était techniquement impeccable, le toucher assuré, les nuances posées avec subtilité, l'articulation sans défauts ; mais je ne pouvais m'ôter de l'esprit qu'elle avait perdu une qualité qui n'appartenait qu'à elle, cette grâce faite de beauté et de douleur mêlées qui donnait à ses interprétations une profondeur qu'on ne retrouvait nulle part ailleurs, et dont son jeu était aujourd'hui entièrement dépourvu.

Cette grâce s'était-elle perdue au Viêtnam, lorsque Anna avait réalisé tout ce qui la séparait de sa famille, et qu'elle avait eu le sentiment, comme elle me l'avait répété à maintes reprises, de s'être « trompée d'histoire » ? lorsque avait été tranché ce lien, aussi fin qu'un fil de la vierge, qui la reliait à son grand-père et à la maison au ginkgo, dont ne subsistait plus la moindre pierre ? Ou bien s'était-elle éteinte durant ces longues, ces très longues années où elle se demandait si elle pourrait un jour exécuter un morceau autrement qu'en pensée ? Je ne le sais pas. Je ne le saurai jamais. Pas plus qu'Anna n'a su ce qui lui était arrivé la première fois où elle a senti ses deux doigts se replier malgré elle sous sa paume. Ma seule certitude : j'étais déterminé à ne rien lui dire qui pût la replonger dans la souffrance qui avait été la sienne et que nos retrouvailles avaient adoucie, polie comme on le fait d'une aspérité indésirable, sans pour autant l'effacer. Tandis que je l'écoutais travailler et retravailler l'une après l'autre chaque partition de son répertoire, je songeais qu'elle avait été suffisamment éprouvée, et que je ferais tout ce que je pourrais pour lui éviter d'être à nouveau blessée. Pour l'heure, je n'avais qu'à être à ses côtés et à l'encourager comme je l'avais toujours fait. Anna poursuivait avec persévérance le chemin de sa rééducation, elle était en train de reconquérir centimètre par centimètre tout le terrain cédé au spasme qui gouvernait autrefois sa main, et je n'avais pas besoin de prétendre quoi que ce soit ou de me cacher derrière des faux-semblants : la voir récupérer presque toutes ses facultés *était* merveilleux.

C'est pour la suite que je m'inquiétais : lorsqu'il s'agirait pour celle que j'aimais de remonter sur scène, d'affronter les critiques, les professionnels, le public. Que se passerait-il si leur réaction était négative ou, pire, indifférente ? Anna avait vécu dans l'idée que son mal seul l'avait empêchée d'atteindre son objectif, et je n'étais pas certain qu'elle eût la force d'être à nouveau tenue en échec sans plus pouvoir, cette fois, jeter le blâme sur la dystonie. Si ses performances recevaient un accueil mitigé, je ne voyais que deux possibilités. Soit elle considérait que ceux qui la jugeaient avaient tort et s'en prenaient à elle pour de mauvaises raisons, ce qui la plongerait dans l'amertume. Soit elle tombait d'accord avec eux et envisageait l'hypothèse selon laquelle son jeu était fade, faible et sans intérêt ou qu'il l'était devenu, ce qui revenait au même en définitive : ce constat la tuerait.

C'est sur ces entrefaites qu'est intervenu le décès de la grand-mère d'Anna. Mme Thi n'avait survécu que quatre ans à ma propre grand-mère. Anna a aussitôt interrompu ses séances au piano pour aider ses parents à s'occuper de l'enterrement, et se joindre à leur deuil. J'étais terriblement triste à la pensée que les deux femmes qui avaient présidé à notre rencontre, observé nos jeux tout en babillant chacune dans sa langue, et montré tant de bienveillance à notre égard, n'étaient plus. Je me remémorais leurs gestes pleins de tendresse, leur pas tranquille sur le chemin de la maison, après l'école, ou encore les recettes qu'elles nous enseignaient, et mon cœur se serrait, alors même que ces souvenirs n'étaient pas sans m'apporter une certaine joie. Anna aussi était triste, bien sûr, mais ainsi qu'elle me l'a confié lors de notre retour chez nous, peu après la cérémonie, elle se consolait en se disant que sa grand-mère était morte en paix.

Mme Thi était retournée au Viêtnam quelques mois plus tôt, en compagnie du père d'Anna. C'était la première fois qu'elle remettait les pieds sur son sol natal, après l'avoir quitté un demi-siècle plus tôt dans les circonstances que mon amie m'avait autrefois décrites avec une sobriété qui ne faisait qu'en souligner le caractère abominable – seule avec son fils, embarquant de nuit sur une coquille de noix, avec à l'esprit la fin barbare de son époux, qui n'avait même pas eu droit aux rites funéraires traditionnels puisqu'on lui avait pris jusqu'à sa dépouille, dont on s'était débarrassé Dieu sait où... Qu'il n'ait pas pu bénéficier d'une sépulture décente l'avait beaucoup tourmentée : pour les Vietnamiens, rien n'avait plus d'importance que d'enterrer les proches décédés en accompagnant leur voyage dans l'au-delà des prières et des offrandes dont ils ont besoin pour continuer à exister dans l'autre monde. Toutes les années qui avaient suivi la disparition de son mari, la grand-mère d'Anna s'était donc rongée, songeant que l'homme qu'elle avait aimé, incapable de trouver le repos, errait sans doute comme une âme perdue à la frontière séparant le pays des morts de celui des vivants.

Anna pensait que c'était pour cette raison qu'elle ne s'était pas remariée. Qu'elle était restée fidèle à une ombre alors qu'elle avait à peine trente-cinq ans lorsqu'elle était devenue veuve : non seulement ses sentiments n'avaient pas disparu avec lui, mais ils s'étaient nourris de ce remords qui ne l'avait jamais quittée. Bien sûr, elle n'avait à aucun moment parlé de tout cela à Anna, ni à ses parents d'ailleurs ; elle s'était contentée d'accomplir ses tâches quotidiennes dans le silence, en faisant semblant de rien. Ne me rappelais-je pas, m'a demandé Anna, combien elle était toujours soignée, avec ses barrettes de jade et d'ivoire, ses foulards, ses cachemires, ses blouses brodées ? Pour Anna, ce n'était pas que de la coquetterie ; sa grand-mère disciplinait son apparence comme elle disciplinait ses journées, avec des horaires aussi réglés que du papier à musique ; c'était sa façon de maîtriser sa peine, de lutter contre la mémoire de cette explosion de violence qui lui avait arraché son mari, son fils, et sa maison. Ses élégances, tout comme les habitudes qui ponctuaient et cadraient son temps, étaient autant d'écrans dissimulant sa douleur, lui permettant de vivre avec, et contre elle. C'était un équilibre précaire, aussi fragile que la chrysalide d'un papillon ; elle avait néanmoins réussi à le préserver année après année, décennie après décennie, pour son fils et pour Anna, parce qu'elle pensait qu'il n'était pas bon de remuer le passé quand elle avait tant risqué pour donner aux siens un avenir. Et puis elle n'était pas encore prête, après toutes les épreuves qu'elle avait traversées, à prendre le chemin du retour et recommencer à affronter ses souvenirs – elle tentait au contraire de les maintenir à distance.

Pour autant, elle gardait à l'esprit qu'elle conservait une dette vis-à-vis de son époux, et au soir de sa vie elle avait décidé d'entreprendre un périple qu'elle avait jusque-là obstinément rejeté de crainte d'échouer ; elle était repartie dans l'espoir plus ou moins secret de retrouver la dépouille de l'homme qu'elle avait aimé. Le projet relevait en soi de la pure folie : à plus de quatre-vingts ans, revenir au Viêtnam avec l'idée de réussir à localiser les restes d'un corps abandonné dans la jungle, alors que deux guerres et des dizaines de bombardements avaient enseveli sous un tombereau de boue les champs, les rizières et le village où elle avait grandi, n'était tout simplement pas concevable. Pourtant le père d'Anna n'avait pas essayé de faire entendre raison à la très vieille dame qu'était à présent Mme Thi : il voyait ce pèlerinage comme une nécessité et, tout comme la destination a parfois moins d'importance que le voyage, la démarche de sa mère comptait davantage pour lui que son improbable résultat. Tous deux avaient donc pris l'avion pour le Viêtnam avant d'entamer leurs recherches sur place. Étrangement, ils ne s'étaient appuyés ni sur la police, ni sur un détective privé, ou un archiviste pouvant leur fournir de précieuses informations, mais sur une... médium qu'on disait capable d'entrer en contact avec les morts, en particulier ceux qui, comme le grand-père d'Anna, avaient disparu avant l'heure prévue. Car pour la plupart des Vietnamiens, surtout de l'ancienne génération, il était tout naturel de faire appel à un astrologue ou un voyant, de la même manière que les Romains n'entreprenaient rien sans avoir consulté les augures et écoutaient religieusement les oracles de la Sibylle, seule intermédiaire entre l'ordre des dieux et celui des hommes...

La dame habitait dans un petit bourg à une centaine de kilomètres de Hanoi, et sa réputation était telle qu'il avait fallu construire une auberge afin de pouvoir accueillir tous ceux qui venaient la trouver et passaient souvent plusieurs nuits sur place. La voir une demi-heure ou une heure ne suffisait pas ; il fallait se présenter à elle et lui faire part de ce qui vous amenait, puis loger dans les environs jusqu'à tant qu'elle vous envoie chercher – ce qu'elle ne faisait que lorsque se manifestait l'esprit du disparu auquel on souhaitait parler. Or il arrivait que celui-ci mît des jours et même des semaines à venir, à supposer qu'il vînt : certaines familles habitant à l'autre bout du pays avaient plusieurs fois fait le voyage en vain, n'hésitant pas à résider un mois dans la commune dans l'espoir de pouvoir communiquer avec le proche décédé... La grand-mère d'Anna avait eu plus de chance : elle n'avait pas eu à attendre plus d'une journée. Le lendemain même de son arrivée, on était venu toquer à sa porte. La séance avait été simple, dénuée de tout folklore. Des tentures plongeaient la pièce dans l'ombre et quelques bâtons d'encens brûlaient sur un autel où trônait un bouddha de bronze aux yeux clos, mais il n'y avait ni éclairage psychédélique, ni fumées flottant en nappes épaisses autour de la médium, et celle-ci n'avait pas davantage donné dans les roulements d'yeux, l'hystérie ou la voix caverneuse de celle qui se voit transfigurée par le contact avec une autre dimension... Son visage était demeuré parfaitement calme, et elle s'était exprimée avec clarté, attentive à ce que lui murmurait l'âme du grand-père d'Anna.

Celui-ci, disait-elle, était heureux de pouvoir enfin s'adresser à celle qui avait partagé son existence, et dont il avait suivi chaque mouvement, de sa fuite à Saigon, puis en France, jusqu'à son retour au pays. Il était fier de la façon dont elle avait élevé leur fils et de ce que celui-ci était devenu, de la famille qu'il avait fondée de l'autre côté de l'océan. Lui-même avait connu des jours difficiles depuis qu'il les avait quittés : sans véritable sépulture, il n'avait pu tracer son chemin jusqu'à sa dernière demeure et s'était égaré dans des limbes obscurs – il allait et venait dans le brouillard, souffrant de ce qui aurait porté les noms du froid, de la faim et de la misère, si ces mots avaient encore eu un sens là où il se trouvait. D'autres membres de la famille lui étaient venus en aide, dont leur fils aîné. Ce dernier avait facilité son errance dans l'entre-deux-mondes en lui faisant don d'une partie de ce que lui-même recevait à chaque *cung* commémorant sa disparition et c'est grâce à lui s'il avait pu poursuivre une forme d'existence et n'avait pas basculé dans le néant.

Il avait ensuite décrit le lieu où il était enterré, expliquant qu'on avait par mégarde emporté ses restes en même temps que ceux d'un autre homme dont les parents avaient demandé à récupérer le corps. Sans que nul s'en soit aperçu, sa dépouille avait donc été emportée dans la ville de ***, à plusieurs centaines de kilomètres de là, et reposait dans la troisième allée, sous une pierre tombale aujourd'hui à l'abandon. Plusieurs croix l'entouraient, disait-il, il ne se sentait pas le moins du monde à sa place, et n'attendait plus qu'une chose : qu'on le retrouvât et lui offrît un ensevelissement convenable. La grand-mère d'Anna le lui avait promis, et la séance avec la médium s'était achevée sur l'échange des adieux entre les deux époux. Le jour même, Mme Thi partait avec son fils au lieu indiqué pour s'apercevoir qu'il s'agissait d'un cimetière chrétien – d'où les croix dont se plaignait le grand-père d'Anna. Mère et fils avaient entamé toutes sortes de démarches, et après bien des négociations – et quelques pots-de-vin – avaient obtenu qu'on ouvrît la tombe. Elle contenait effectivement, à la surprise de tous sauf de Mme Thi, deux squelettes. La grand-mère d'Anna avait avisé l'os du menton de l'un des deux morts, particulièrement long, et le front haut et large, très bombé, avant de conclure de ces deux signes caractéristiques qu'il s'agissait bien là de l'homme qu'elle avait aimé.

Elle avait organisé une cérémonie funèbre à son image, sans excès, ni ostentation. Puis elle était rentrée avec son fils, songeant à la première fois où tous deux avaient quitté le Viêtnam, au bateau qui semblait toujours sur le point de sombrer, à la faim et à la soif, aux brutalités qui régnaient entre les passagers luttant pour leur survie, à leurs dernières possessions jetées par-dessus bord. À la peur surtout – la terreur l'aurait sans doute submergée jusqu'à l'étouffer s'il n'y avait pas eu un enfant sur qui veiller, un petit homme aux yeux noirs et pensifs, frêle de corps mais doué d'une volonté à toute épreuve, déterminé à faire son chemin dans ce monde nouveau qui l'attendait au bout de la traversée, prêt à travailler douze heures par jour, à étudier jusqu'à ce que les lignes de français et les équations mathématiques dansent devant ses yeux, à faire tout ce qui était humainement possible pour leur assurer, à lui et surtout à sa mère, une vie confortable, à l'abri des tourmentes qui leur avaient coûté un frère et un fils, un père et un époux, ainsi que des terres faisant leur joie parce qu'elles n'étaient pas qu'un simple lopin de glèbe et de boue, mais l'expression de leur persévérance, le fruit de leur travail en vue d'un meilleur avenir.

Mme Thi était décédée moins de six mois après son ultime séjour au Viêtnam, comme si plus rien ne la retenait à présent qu'elle avait accompli son devoir. Très doucement, j'ai demandé à Anna si elle croyait à cette histoire. Anna n'a pas répondu tout de suite. Puis elle m'a avoué qu'elle n'en savait rien et ne voulait pas le savoir, pas plus que son père d'ailleurs. Il existait un moyen fiable, scientifique, d'être fixé : un test ADN. Mais son père n'avait à aucun moment évoqué cette possibilité et elle-même s'en était bien gardée. Hormis quelques détails troublants (les deux squelettes dans la même tombe, certaines informations données par la médium qui n'étaient connues que de Mme Thi et de son mari), il était tout à fait possible que l'équipée dans laquelle s'était lancée sa grand-mère ne fût rien d'autre qu'une farce, et la voyante une professionnelle de l'escroquerie, un charlatan faisant son beurre du chagrin des familles qui venaient la trouver. C'était possible, et même probable. Mais peu importait : croire qu'elle avait enfin réussi à élever à son mari le tombeau qu'il attendait avait soulagé sa grand-mère d'une douleur qu'elle endurait depuis plus de cinquante ans. Aux yeux d'Anna, mieux valait un mensonge qui vous apporte la paix qu'une vérité qui vous détruit. Elle ne désirait rien d'autre pour celle qui l'avait élevée qu'une mort sereine – quel qu'en fût le prix – et, puisque cela avait été le cas, tout était bien.

## ANNA SONG, QUAND UNE IMPOSTURE EN CACHE UNE AUTRE

Par Alexandre Chevrillon,
*Le Nouvel Observateur*,
le 16 mars 2009

*Le scandale de l'Annagate, qui aura fait couler beaucoup d'encre ces derniers mois, n'en finit pas de connaître de nouveaux rebondissements. Les révélations et contre-révélations sont pour ainsi dire hebdomadaires et l'affaire s'apparente plus que jamais à un jeu de poupées russes où le vrai et le faux sont si étroitement imbriqués qu'il est parfois impossible de les distinguer. La mystification s'est en effet construite à plusieurs niveaux qui se font jour l'un après l'autre tandis que l'enquête avance. La plus évidente concerne l'œuvre laissée par Anna Song : les cent deux CD que tout le monde s'arrachait il y a encore six mois étaient en fait composés d'enregistrements volés à quatre-vingt-sept artistes et diffusés sous le nom de la pianiste, décédée en juin dernier.*

*Son mari et manager Paul Desroches a effectué, avec l'aide d'un ingénieur du son ignorant tout des dessous de l'affaire, des manipulations électroniques qui ont permis de faire passer chaque morceau pour une interprétation originale.*

*Mais l'entreprise de falsification du directeur de Piano solo ne s'est pas limitée à cette seule opération : la carrière même d'Anna Song est soumise à caution. Aucun des illustres maîtres qui l'auraient prétendument formée n'était plus en vie quand sont parus les interviews et articles où ils étaient présentés comme ses mentors : impossible de savoir si Marianne Meursault et Alexander Frisch l'ont bien eue comme élève, si le fameux compositeur Graham Coupe s'est vraiment extasié sur ses dons, si elle a réellement joué avec des chefs d'orchestre aussi reconnus que Luigi Fiorentino, Marc Dent, Thomas Colson ou encore Alfred Ronzon – aucun d'entre eux, aujourd'hui disparus, n'a jamais pu le confirmer, et les noms délivrés par Paul Desroches ont été repris tels quels, sans que personne s'interroge. De même, les anecdotes sur les concerts et tournées d'Anna Song, qu'il alignait avec beaucoup d'humour et d'ironie, ou, au contraire, avec une touchante mélancolie, n'ont jamais été ni datées, ni situées avec précision. Destinées à brosser un portrait des plus flatteurs de sa femme, elles sont peut-être elles aussi issues de sa seule imagination, aucun autre témoignage n'étant venu appuyer ses récits. Nous n'avons qu'une certitude pour l'heure : Anna Song n'a effectivement jamais joué en public au cours des quinze dernières années de son existence – ou alors dans des salles si confidentielles qu'il n'en reste pas trace. Une absence qui aura été un terreau idéal pour tous les fantasmes cultivés par la suite – avec profit – par Paul Desroches...*

*Non content de distiller des informations douteuses, celui-ci a par ailleurs trafiqué plusieurs canaux et supports de diffusion, se substituant simplement et purement aux journalistes pour mieux contrôler leur discours. On se souvient peut-être de l'interview réalisée par le très respecté critique Robert Quirenne sur le site www.mondeenmusique.com, l'une des sources de référence qui lancèrent et accréditèrent la réputation de génie incompris d'Anna Song. Lorsque celle-ci apparut sur le Net en 2008, après avoir été prétendument publiée sept ans plus tôt dans une revue confidentielle entre-temps disparue, Quirenne venait, très opportunément, de mourir. Qui nous dit qu'il est bien l'auteur de cet entretien ? De la même façon, le seul autre journaliste à avoir déclaré qu'il avait rencontré Anna Song, Gérard Manzel, a récemment avoué qu'il avait en fait écrit son portrait et retranscrit son entretien avec elle sans l'avoir jamais vue. Elle se sentait trop mal pour le recevoir avant plusieurs semaines, affirme-t-il, lui-même était sous pression pour rendre rapidement son portrait, et l'essentiel de son interview s'est donc fait par mail, par l'intermédiaire de Paul Desroches qui avait eu l'amabilité (ou plutôt l'habileté) de lui faire parvenir toutes sortes de documents – des CD, bien sûr, mais aussi des photographies d'Anna Song jeune, de son piano, du studio d'enregistrement, des lieux où ils habitaient, ainsi qu'un listing détaillant son répertoire, les professeurs qui l'avaient suivie, les grandes étapes de son parcours. Faute de temps, Manzel s'en est remis à Paul Desroches et s'est logiquement servi de tout ce qu'il lui avait donné pour nourrir et illustrer son article. À ce qu'il semble, le directeur du label Piano solo n'a pas seulement inventé de toutes pièces une discographie (ainsi qu'un orchestre et un chef d'orchestre, Dimitri Makarov, prétendument traumatisé par un séjour au Goulag et « refusant » de ce fait d'apparaître en public...) : les références et la carrière passée d'Anna Song ne reposent sur absolument rien de tangible.*

*Plus troublant encore, un membre du personnel de l'hôpital Cochin, où la pianiste était supposée être traitée pour son cancer, affirme qu'il n'existe aucune patiente de ce nom qui ait été suivie sur vingt ans. Peut-être a-t-elle usé d'un pseudonyme afin de décourager les curiosités mais, si ce n'est pas le cas, les raisons mêmes pour lesquelles elle s'est retirée de la scène, tout comme les causes de sa mort, constituent un autre mystère et, qui sait, une imposture de plus dans une affaire qui n'en est décidément pas avare... Il est clair, en tout cas, que Paul Desroches était prêt à tout pour que sa femme bénéficie d'une couverture médiatique sans précédent, et qu'il n'a pas hésité à mettre en place une stratégie de communication fondée sur le mensonge et la manipulation pour donner à Anna Song une image à même de séduire les magazines. À la lumière de tous ces faits, nombre d'artistes et surtout de maisons de disques victimes de l'imposture ont décidé de porter plainte contre le directeur de Piano solo : une procédure pour falsification et vol de propriété intellectuelle a été lancée. Elle promet de faire beaucoup de bruit…*

*La réussite, au moins partielle, des manœuvres de Desroches – il aura floué les journalistes et le public pendant plusieurs mois – souligne en tout cas à quel point la réception d'une œuvre d'art, qu'il s'agisse d'ailleurs de musique, de peinture ou de littérature, est toujours liée à son contexte. Les critiques auraient-ils prêté une attention aussi soutenue aux performances d'Anna Song si l'interprète à l'origine de tous ces enregistrements avait été présenté comme un homme d'âge moyen, en bonne santé, sans signe particulier, plutôt que comme une femme superbe, condamnée par une maladie incurable, et douée d'un destin d'autant plus tragique que la reconnaissance qu'on commençait à lui accorder intervenait trop tard pour jamais compenser les années et les années de négligence dont elle avait souffert ? En théorie, cela ne devrait faire aucune différence, mais dans la réalité on admire et on aime un artiste à la fois pour ce qu'il crée et pour ce qu'il est, ou du moins ce qu'il paraît – pour sa personnalité, son histoire, ses opinions, etc. Ce constat, évident en ce qui concerne les acteurs, est tout aussi valable dans le cas d'Anna Song : au-delà d'un morceau bien exécuté et interprété, les admirateurs de la pianiste se sont attachés à son parcours ; à la statue, grandiose, que lui avait érigée Paul Desroches, et qui a sans nul doute influé sur leur jugement. Où l'on voit une fois encore que le phénomène de starisation s'est étendu jusqu'à la sphère de la musique clas-*

*sique. Les virtuoses qui rencontrent le plus de succès aujourd'hui, ceux que les médias fêtent sans discontinuer, le doivent parfois moins à leur génie qu'à un petit plus « glamour » qui les a distingués du tout-venant et leur a conféré une identité, une personnalité à même d'attirer les caméras et les objectifs des photographes : un physique exceptionnel, une passion pour les loups, un talent parallèle pour le basket-ball de haut niveau ou un passé riche en drames peuvent également faire figure d'atout maître sur le CV d'un musicien s'il veut réussir aujourd'hui.*

De retour en France, Anna s'est préparée pour une nouvelle bataille dans laquelle j'étais déterminé à lui apporter toute l'aide possible. Elle allait en avoir besoin, car si sa main avait retrouvé une grande partie de sa souplesse et de sa mobilité grâce aux injections, si elle était désormais prête à se produire en public, trouver des engagements non seulement au niveau national, mais local, m'avait demandé, comme j'en avais eu l'intuition, des efforts démesurés. Mettant en branle le réseau dont je disposais, j'ai organisé quelques concerts dans des salles – plutôt confidentielles – et lors de festivals, à Paris, Lille, Nantes, Angoulême, Orange, Strasbourg... J'avais beau rester sur l'impression que le jeu d'Anna avait perdu ce qui le rendait unique, j'espérais à tout le moins qu'on la remarquerait ; j'ai été déçu. Le public l'applaudissait poliment pour l'oublier aussitôt. Anna jouait bien, n'importe qui l'aurait reconnu et le reconnaissait d'ailleurs, mais elle n'avait rien de particulier aux yeux des gens. Son style, son art, son jeu ne les frappaient pas plus qu'ils ne les happaient et, comme elle avait cessé d'être un *Wunderkind* sur lequel on pouvait indéfiniment s'extasier, son retour dans l'arène musicale n'a pas suscité plus de mouvement qu'une feuille tombée sur la surface d'un lac. Un frémissement, quelques ridules, et puis plus rien. Les critiques du quotidien régional lui accordaient un entrefilet ou deux, et tournaient la page : Anna n'avait pas eu le temps, avant la dystonie, de se bâtir une réputation suffisante pour que la nouvelle de sa résurrection bouleversât les foules.

À cette époque, j'avais vendu l'appartement de la rue Toullier et nous nous étions installés dans un petit manoir niché dans un parc ceint de bouleaux, à moins d'une demi-heure de Paris – mon cadeau de mariage à Anna, qui m'avait traité de fou tout en ayant l'air parfaitement enchantée. Je ne lui rendrais pas la maison au ginkgo, pas plus la vraie, dont il ne restait pas la moindre pierre, que celle dont elle avait rêvé et qui lui avait infusé cette énergie secrète, mystérieuse, qui éclairait autrefois sa musique. Je pouvais en revanche lui offrir une nouvelle demeure en l'honneur d'un nouveau départ, à la fois dans nos vies, enfin réunies, et dans son parcours... J'ai fait construire un studio à quelques mètres du manoir et j'ai convaincu Anna d'arrêter ses tournées afin de se consacrer à l'enregistrement de disques qui couvriraient tout son répertoire. Ce serait une autre manière, moins angoissante, de poursuivre sa carrière, lui ai-je fait valoir. Et puis la perfectionniste qu'elle était pourrait refaire autant de prises qu'elle le voudrait, tout en se reposant dès qu'elle en aurait envie ou en ressentirait la nécessité, pour éviter de « réveiller » sa dystonie. Anna trouvait mon argumentation spécieuse, mais lasse d'avoir à faire à un auditoire toujours plus restreint, découragée par l'accueil ou plutôt l'absence d'accueil réservée à ses concerts, elle s'est rendue à mes raisons.

Le studio lui a beaucoup plu. Il n'était ni très grand, ni très lumineux – c'était un lieu destiné au travail et à la concentration – et l'agencement des panneaux de bois recouvrant les murs afin d'offrir la meilleure des acoustiques possibles lui donnait l'allure d'un vaste cercueil, mais Anna s'y est tout de suite sentie chez elle. Elle préférait même y répéter, plutôt qu'au manoir, les morceaux qu'elle voulait enregistrer. Elle aimait la nudité de la pièce, ses lignes pures, la décoration spartiate, et le fait que le local, avec son ordinateur, son système de prise de son, sa table de mixage, ses enceintes, soit uniquement dédié à la musique, à la captation des notes qui naîtraient de ses doigts et à rien d'autre. Elle y voyait, je pense, une métaphore de sa vie, dont le piano avait été la colonne vertébrale, gouvernant chacun de ses mouvements, chacune de ses pensées. Il n'y avait eu de place pour rien d'autre, à part moi, et bientôt j'ai donc pu observer et surtout entendre Anna entamer avec élan la préparation des partitions qui lui tenaient le plus à cœur – *Gaspard de la nuit*, *Miroirs*, les *Valses nobles et sentimentales*, la *Sonatine*, le *Tombeau de Couperin*, la *Pavane* bien sûr... Elle ne s'était jamais sentie aussi à sa place qu'en ce lieu clos, coupé du monde, où elle pouvait passer autant d'heures qu'elle le désirait seule face à son instrument.

Tandis qu'elle répétait, j'ai passé en revue la collection de disques constituée durant toutes les années où nous avions été séparés, quand je tentais de la retrouver à travers les interprétations de virtuoses connus et méconnus issus des catalogues que j'explorais alors en ayant pour seul but d'y retrouver un écho d'elle. Une anecdote m'avait marqué : lorsque Kirsten Flagstadt avait gravé, sexagénaire, *Tristan et Isolde* de Wagner sous la direction de Wilhelm Furtwängler, elle avait demandé à Elisabeth Schwarzkopf de se placer derrière elle et de couvrir à sa place les deux *ut* du premier duo car elle craignait que sa tessiture n'eût plus la même étendue qu'à ses débuts. Leurs voix s'étaient fondues à la perfection, et nul n'aurait pu deviner ce qu'il en était s'il n'avait été prévenu. Pour mon projet, il me faudrait pousser un peu plus loin que deux notes, assez loin à vrai dire pour que la question de la « couture » entre les pistes audio n'ait même pas à se poser ; et je pourrais dès lors envoyer à la presse les plus beaux disques d'Anna Song. Des disques qu'elle aurait bel et bien enregistrés, j'en reste persuadé, si les circonstances n'avaient à ce point joué contre elle, tout au long de son existence.

J'ai parallèlement travaillé à transformer sa vie en mythe. Ce fut moins difficile que je ne l'avais imaginé. J'ai toujours aimé les histoires

– ainsi des récits d'Anna sur son pays perdu (à supposer qu'il ait jamais été sien) ou de ceux qu'elle semait, entre l'écoute de deux disques, sur la genèse d'une sonate ou d'une valse, et ceux qui les avaient écrites, ou jouées. Conteuse experte, Anna avait su mettre en scène un héritage déjà exceptionnel en soi. Je l'avais longtemps enviée pour ce passé. Il était tragique, certes, mais l'avait poussée à aller toujours plus loin, plus avant, tandis que ma vie s'était pour sa part bâtie sur du vide, une sorte d'absence originelle que je n'étais jamais parvenu à combler. Malgré les efforts de ma grand-mère, les souvenirs de ceux qui m'avaient donné le jour étaient progressivement tombés en poussière avant de se disperser dans le vent de l'oubli, surtout quand j'avais fait la connaissance d'Anna : le passé de notre famille avait été oblitéré, dans ma mémoire, par celui des parents et grands-parents de mon amie, qui avaient traversé sans plier les affres de la guerre et de la pauvreté, de la dictature et de l'exil. La fascination qu'ils exerçaient sur moi était aussi forte aujourd'hui que lorsque j'étais ce garçonnet écoutant passionnément sa petite voisine, et c'est en ayant à l'esprit leur histoire que j'ai tenté d'en donner une à celle que j'aimais.

J'ai gardé pour moi ses confidences sur le Viêtnam, la plantation de Nha Trang, la fuite de Mme Thi, ou encore le désir désespéré que sa mère avait eu de devenir pianiste. C'était notre secret, notre enfance, et je ne voulais pas que qui que ce soit à part nous y ait accès. Pour le reste, je me suis simplement appuyé sur les faits. Les débuts d'Anna en jeune prodige promis à un destin d'exception, son départ pour les États-Unis, son admission à la Juilliard School, la paralysie qui l'avait brisée et dont elle devait découvrir le nom bien des années plus tard, tout cela formait un parfait squelette pour une vérité telle que je tentais de l'élaborer, le plus proche possible de ce qui avait été. En y ajoutant quelques références, deux ou trois traits d'esprit, des anecdotes choisies, des photos d'Anna et un répertoire éblouissant, je n'ai eu aucun mal à faire de ma pianiste une héroïne et, à vrai dire, je me suis très vite pris au jeu. Broder, enjoliver, retrancher ce qui n'avait pas sa place dans le portrait que je brossais d'elle, ou au contraire y rajouter un élément qui le complétait, le consolidait, le vivifiait en mettant en relief tel ou tel aspect du talent, du charisme, du caractère d'Anna, m'a bientôt paru aussi naturel que le baiser que je déposais sur ses lèvres et ses cheveux chaque soir avant de m'endormir, chaque matin avant de me lever. J'en venais moi-même à confondre le vrai et le faux : réalités et illusions s'étaient emboîtées, déposées l'une sur l'autre en couches perméables et poreuses, impossibles non seulement à séparer, mais à discerner.

Ma petite expérience dans le milieu de la production de disques, à défaut de m'inspirer ce que certains ont dénoncé comme une imposture ou une escroquerie, mais que je considère pour ma part comme le seul moyen que j'ai eu de sauver Anna de l'oubli où elle était injustement tombée, m'avait fourni tous les contacts nécessaires dans les médias. Je prévoyais de n'envoyer aucun dossier de presse : juste quelques CD et une carte de visite puis, en fonction des retombées, je veillerais à diffuser des éléments à même de nourrir la légende qui ne manquerait pas de se développer autour d'Anna sitôt qu'on aurait eu vent de son histoire et de la qualité des enregistrements. Anna qui pour sa part avait peu à peu retrouvé un équilibre en se consacrant corps et âme à sa tâche depuis le studio où elle passait des journées entières ; elle s'arrêtait seulement pour manger et s'aérer, toutes les trois heures environ, en se promenant dans le parc. Elle était si concentrée sur ses répétitions qu'elle prêtait à peine attention à ce qui se passait autour d'elle, et je songeais qu'avec de la chance et beaucoup de prudence, elle ne s'apercevrait de rien. Il faudrait avant tout veiller à ne pas mélanger les disques qu'elle gravait et ceux dont je m'occupais, et surtout contrôler avec soin les contacts avec les journalistes. Cela me semblait faisable dans la mesure où elle n'avait aucune envie de les rencontrer : elle ne voulait plus que jouer, jouer encore, jouer toujours. A présent qu'on lui en avait rendu la possibilité, elle s'y adonnait tout entière, plus heureuse en définitive de se consacrer à la seule musique entre les quatre murs d'un studio que sur une scène où nul ne l'attendait plus.

Les prémices de mon projet ont pris beaucoup plus de temps que ce que j'avais imaginé – j'étais seul, devais agir avec circonspection pour ne pas éveiller les soupçons d'Anna, et disposais d'une marge de manœuvre limitée car elle se serait interrogée sur des absences prolongées. Je me suis même inventé un hobby – une passion pour les tournois d'échecs – afin de pouvoir voler un après-midi ou une soirée ici et là, et travailler en toute tranquillité sur les morceaux que j'avais sélectionnés. Après quoi il m'a fallu trouver un ingénieur du son capable de nettoyer les morceaux des bruits parasites et de les lisser de telle façon qu'on les aurait crus enregistrés dans la même salle, sur le même piano. Je suis tombé sur une présentation de Colin Chatterton en faisant des recherches sur la Toile. Nous avons pris rendez-vous, et nous nous sommes entendus sans peine sur le travail à effectuer et sa rémunération ; il ne s'est pas douté un instant de ce qu'il faisait et, au bout de quelques mois, j'ai pu récupérer, les uns après les autres, les produits finis. Je voulais avoir sous la main de quoi constituer une discographie de trente ou quarante CD avant de lancer l'opération, afin de pouvoir disposer d'un choix suffisant pour les envois, impressionner les journalistes qui voudraient en savoir plus, et surtout être en mesure de réagir immédiatement si Anna changeait d'avis sur les partitions qu'elle voudrait graver ou encore leur ordre sur le disque. Nous nous étions mis d'accord sur son programme, mais elle pouvait très bien en modifier la teneur selon son envie et son inspiration. Bien sûr, je ne lui ai jamais fait écouter que les morceaux dont elle était effectivement l'auteur, dissimulant les autres dans un meuble du bureau où je préparais les enveloppes à destination de la presse.

J'étais fin prêt lorsque Anna a commencé à souffrir de malaises et de douleurs au niveau du pelvis et de l'abdomen. Elle a d'abord refusé de consulter qui que ce soit – elle avait eu affaire à suffisamment de médecins et de spécialistes dans sa vie – mais, devant mon insistance et la persistance des symptômes, elle a fini par céder. Nous sommes donc allés voir un docteur. Après des questions vagues au premier abord, puis de plus en plus précises, il l'a auscultée non pas comme s'il se demandait ce qu'elle avait mais comme s'il vérifiait ce qu'il savait déjà. Je me suis immédiatement inquiété : l'attitude extrêmement professionnelle, presque grave, du praticien ne laissait rien présager de bon. De fait, il a prescrit une batterie d'examens à effectuer en urgence avant de revenir le voir, et le diagnostic, contrairement à celui de la dystonie autrefois, n'a pas tardé à tomber : cancer des ovaires. Le médecin a renvoyé Anna vers un de ses confrères. Après avoir observé les radios et les analyses, ce dernier a confirmé, puis affiné les conclusions. Elles étaient désastreuses : le stade de la maladie était avancé et ne laissait aucun espoir de survie à long et même à moyen terme pour Anna. À en croire l'oncologue, il était peu probable qu'elle pût résister plus de cinq ans au développement de la tumeur, et ce uniquement si elle se soumettait dès maintenant à un traitement intensif comprenant une chimiothérapie et plusieurs opérations chirurgicales…

Choquée dans un premier temps, Anna a ensuite été comme galvanisée par cette annonce : les enregistrements ont revêtu plus d'importance encore à ses yeux. Ils représentaient le seul héritage qu'elle laisserait derrière elle, à présent, et l'unique témoignage d'une existence tout entière dévolue à ces notes de musique qu'elle avait appris à faire jaillir de ses doigts, à discipliner et à polir, à reprendre inlassablement jusqu'à ce qu'elle en maîtrise chaque mouvement, chaque nuance, chaque éclat. Elle s'est remise à la tâche avec des forces renouvelées, qui seraient aussi les dernières, et n'est pour ainsi dire plus sortie du studio que j'avais aménagé pour elle – le reste du monde avait cessé d'exister. Pour ma part, si la maladie d'Anna m'a accablé, elle m'a également ôté ce qui me restait de scrupules. Elle s'apparentait à une forme de malédiction contre laquelle, m'a-t-il semblé, j'avais le droit d'employer tous les moyens à ma disposition, et surtout ceux que je m'étais donnés, pour fournir à Anna la preuve que la route entamée lorsqu'elle était enfant n'aboutissait pas à un cul-de-sac et qu'elle n'avait pas subi en vain les épreuves dont sa vie avait été tissée.

J'ai donc commencé à envoyer les CD, au rythme d'un tous les quinze jours environ. Les réactions ont été rapides : les critiques, de plus en plus nombreux, que j'avais au téléphone se montraient d'abord surpris et intrigués, puis impressionnés, et bientôt époustouflés par l'œuvre et l'itinéraire ô combien tragique de cette musicienne qui n'était pas exactement, contrairement à ce qu'ils croyaient, une nouvelle venue. Leur intérêt franchissait un premier palier lorsque je leur exposais le projet selon lequel Anna allait graver un répertoire monumental, quasi encyclopédique, comprenant aussi bien Scarlatti, Bach, Mozart, Schubert, Beethoven, Prokofiev, Chopin, Rachmaninov, Liszt, que Debussy, Ravel, Bartók ou Messiaen. Il en franchissait un deuxième lorsque je déroulais la trajectoire singulière d'une virtuose longtemps négligée par ses pairs, aujourd'hui recluse en son domaine, travaillant loin de tout et de tous depuis des années entre les quatre murs de son studio d'enregistrement. Il ne connaissait tout simplement plus de bornes (même s'il prenait le masque d'exclamations désolées) pour peu que je leur précise qu'Anna était atteinte d'un cancer qui ne lui laissait que peu de temps à vivre, raison pour laquelle elle m'avait chargé de répondre en son nom à tous ceux qui désiraient la rencontrer.

Ces conversations ont porté leurs fruits. Les journalistes se parlaient entre eux et, une confidence après l'autre, le mécanisme s'est enclenché. D'élogieux articles ont commencé à fleurir, et permis à Anna de connaître, enfin, la satisfaction du devoir accompli, et le bonheur de la reconnaissance. Elle a bien sûr remarqué des inexactitudes et des erreurs ; je les imputais à l'inattention de mes interlocuteurs, à leur enquête menée à la va-vite, à l'inévitable décalage entre les déclarations qu'on fait et leur retranscription, ou encore à la force de la rumeur qui une fois lancée ne s'arrête plus, quelles que soient les dénégations qu'on lui oppose. Qu'ils aient vu dans son cancer la cause de son retrait de la scène, en particulier, l'avait fait sourire. Je ne lui ai pas avoué être à l'origine de cette conjecture et l'ai même dissuadée de la rectifier, arguant du fait que cela n'avait pas d'importance : au fond, lui ai-je affirmé, seuls comptent les disques. Seule compte ta musique. À quoi bon corriger des approximations comme il y en a tant, et depuis toujours, dans la presse ? Elle s'est rendue à mes arguments avec un haussement d'épaules – en cette affaire comme en tant d'autres, elle me faisait confiance.

La santé d'Anna a décliné au fur et à mesure que grandissait sa notoriété. Elle gagnait en réputation et en statut ce qu'elle perdait en énergie. Les coupures de journaux s'accumulaient avec les demandes d'entretien. Je les rejetais au prétexte qu'Anna était bien trop faible désormais pour recevoir qui que ce soit. La réalité a rejoint mes fictions bien plus vite que je ne m'y étais attendu : trois ans à peine après le diagnostic, Anna était effectivement au plus mal. Les trajets jusqu'à l'hôpital étaient devenus une torture, et les soins la soulageaient moins, désormais, qu'ils ne l'épuisaient. Le cancer s'étendait, la rongeait, la dévorait de l'intérieur comme un animal affamé, une bête cruelle qui buvait ses forces à grandes lampées, se nourrissait avec avidité de son sang, de ses larmes, de sa douleur. Sa voracité a grandi avec le temps et, malgré son courage, Anna n'a pu faire autrement que lui céder peu à peu. Bientôt est arrivé le jour où se lever est devenu un effort en soi. Où elle a été incapable de se rendre sans mon aide au studio. Où jouer est devenu difficile, puis douloureux, et enfin simplement impossible.

C'est à cet instant – quand elle a constaté qu'elle ne ferait plus jamais entendre la moindre note de piano – que s'est éteinte la flamme qui avait toujours brillé dans ses yeux. Qu'elle-même s'est éteinte, bien qu'elle ait physiquement survécu quelques mois de plus. Une terrible fatigue s'est abattue sur elle, comme une vague, et elle s'est laissé prendre, emporter au loin sans plus envisager de retour. Elle avait perdu le goût de vivre, et de lutter. Et ce n'est pas le pauvre recueil d'articles qui la présentaient comme une pianiste de génie, que j'avais composé avant de le lui offrir en espérant qu'il rallumerait en elle un peu de joie, qui a réussi à la retenir. Comme elle me l'a dit peu après avoir feuilleté le carnet, tout en me caressant la joue avec une douceur qui témoignait à la fois de la tendresse qu'elle me portait et de sa résignation, désormais, à l'idée de devoir quitter ce monde, tout cela « n'avait plus tellement de sens ».

Elle est morte au début de l'été, dans les premiers jours du mois de juin. Lorsqu'elle a prononcé ses dernières paroles, elle était plus pâle encore que les coussins, d'un blanc immaculé, contre lesquels s'appuyait son visage. Ses cheveux noirs, obstinément lourds et brillants malgré la maladie, semblaient avoir absorbé toute la vie qui s'était échappée d'elle. J'ai continué de lui tenir la main longtemps après qu'elle s'est tue et, quand elle a fermé les yeux, je l'ai serrée contre moi en retenant mes larmes. Puis, tout bas, sans être sûr qu'elle pouvait encore m'entendre là où elle était partie, je lui ai dit que je l'aimais, que je l'avais toujours aimée, que je ne cesserais jamais de l'aimer.

Conformément à ses vœux, elle a été incinérée. Dans son cercueil j'avais placé tous les morceaux qu'elle avait enregistrés. Ceux où elle avait mis et son cœur et son âme, mais qui, je le savais, seraient passés inaperçus si je les avais envoyés en lieu et place de ceux qui lui avaient apporté ce statut d'icône que sa mort allait achever de sanctifier. Sa célébrité posthume a surpassé de loin tout ce que j'imaginais. Cela m'a encouragé à entretenir sa légende, voire à tenter d'élargir son public en présentant et en diffusant régulièrement de nouveaux disques d'elle. Il m'avait suffi d'affirmer qu'elle était parvenue à en graver un certain nombre avant d'être vaincue par le cancer, et tous avaient acquiescé comme un seul homme. J'en suis arrivé à éditer des disques tel un prestidigitateur sortant cartes, foulards, balles de ping-pong et colombes de ses manches, de son chapeau, de sa pochette : ils surgissaient de nulle part, suscitaient l'enthousiasme, et en faisaient apparaître d'autres dans leur sillage sans que la source semblât jamais vouloir se tarir. Qui sait ? Si j'avais fait montre de plus de prudence, si je ne m'étais pas laissé emporter par la fable dont j'avais moi-même lancé la rumeur, les choses auraient pu se poursuivre ainsi jusqu'à mon décès et bien après, et je serais demeuré à jamais le gardien du secret d'Anna Song. Ma légèreté, un lecteur de *Télérama* et une banque de données électroniques en auront décidé autrement...

Aujourd'hui, tout ce que j'ai construit a été réduit en cendres. Je croyais offrir à Anna une gloire immortelle et je n'ai finalement réussi qu'à traîner sa mémoire dans la boue. C'est pour cela que j'écris – pour lui rendre son nom. J'écris en souvenir d'elle, de sa musique dont il ne reste plus rien désormais ; en souvenir de ce temps où nous étions pleins d'espoir, où nous croyions tant de choses possibles, et désirables. J'écris pour dire mes regrets et avouer mes remords, pour tenter de m'expliquer autant que pour me racheter, pour obtenir son pardon, même si elle me l'a déjà accordé en ce dernier jour où elle m'a attiré à elle pour me murmurer qu'elle savait tout et qu'elle ne m'en voulait pas, parce qu'elle n'avait vu dans mes agissements que la preuve de mon amour pour elle, et qu'importait ce qui viendrait après ? *Pavane pour une infante défunte* résonne à présent dans le bureau d'où j'écris ces mots, premier et dernier morceau que j'ai et que j'aurai écouté une fois glissés les feuillets contant notre histoire dans l'enveloppe à destination d'un de ces journaux dont elle se moquait peu de temps, si peu de temps avant de mourir, « ça n'a plus de tellement de sens, tu sais », m'avait-elle dit, et elle avait raison, mais il me semble que je le lui dois, j'ai ce désir que justice soit faite même si cela n'a plus d'importance, ma façon à moi de lui restituer un peu de ce qu'elle m'a donné, quelques mots contre quelques notes, mes phrases qui n'auront jamais ni la beauté ni le frisson de sa musique quand nous étions enfants, mais que je jette en vrac sur le papier en espérant qu'elles auront sauvé quelque chose d'elle, et qu'en les lisant, on retrouvera un peu de celle qu'elle était, de celle que j'aimais et qui m'aimait, de celle qui n'est plus et que je m'en vais rejoindre à présent que je n'ai plus rien à dire, ni à espérer.

Je croyais que c'était fini, vois-tu, Anna. J'avais glissé mon manuscrit dans une enveloppe que j'avais adressée à ce journaliste de *Télérama*, Jean Verne, et j'étais parti la poster en songeant que j'allais pouvoir te suivre. Mais à mon retour une voiture de police m'attendait. Je n'ai pas résisté ; je n'ai pas non plus fui. Je n'avais nulle part où aller, et rien à redouter – le pire m'était déjà arrivé. On m'a arrêté et emmené ici, entre ces murs gris où courent des lézardes dont mon regard suit les trajectoires brisées. J'attends le juge qui doit arriver et n'imagine que trop bien son discours, ses menaces, ses accusations de falsification, de vol, de plagiat, d'escroquerie. Pourtant je ne me sens pas vraiment coupable. Ces enregistrements, je les ai moins copiés que réinventés. La littérature, après tout, ne cesse de recombiner les mêmes mots et la musique les mêmes notes. Chacun des morceaux que j'ai choisis, pris séparément, appartenait à un musicien, mais la mosaïque que j'ai composée à partir de ces fragments constituait une œuvre à part entière – la nôtre. Car bien sûr Anna Song n'aurait jamais existé sans moi pour la rêver, sans toi pour modèle...

Ces interprétations n'avaient pas d'histoire, je l'ai bâtie et la leur ai offerte. Ta légende les a ramenées à la lumière et fait sortir de l'anonymat dans lequel beaucoup d'entre elles avaient sombré. Certes, ce portrait si ressemblant n'était pas le tien, et j'ai dérobé à une inconnue son visage, un parmi tous ceux que j'avais répertoriés sur Internet ou encore chinés pour quelques sous dans les brocantes. Tu ne t'es pas réfugiée dans ce studio qui n'a pas existé autre part que dans mon manuscrit, et tu n'as pas eu besoin de te soigner pour un cancer des ovaires dont tu n'as jamais été atteinte. Je ne suis pas sûr que tout cela fasse de moi quelqu'un de condamnable, plus condamnable disons que ces critiques, ces journalistes qui ont brodé à longueur de colonne sur ce que je n'avais fait qu'esquisser. Leur engouement prouve d'ailleurs que toi et moi avons bien réussi à donner le jour à un ouvrage original, une *création*. Retoucher la réalité n'est pas un crime – sans quoi nous sommes tous des criminels, nous dont l'esprit vagabonde, dont les nuits se peuplent de songes, dont l'imagination s'épanouit, laissant le fantasme se glisser dans nos pensées. Qui peut distinguer ce qui est vrai, juste, exact, de ce qui ne l'est pas ? Il arrive que la vérité soit tissée d'impostures, que les creux aient l'importance des pleins, que les choses tues comptent autant, sinon plus, que celles qui sont dites.

Nous sommes tous des êtres de fiction, et nos chimères nous définissent bien davantage que le nom, la nationalité, la date et le lieu de naissance figurant sur notre carte d'identité. Nous évoluons dans nos espoirs, nos idées, nos histoires comme les nuages flottent dans le ciel : c'est là l'environnement naturel dans lequel nous baignons. Il m'apparaît parfois plus concret que le lit dans lequel je m'endors, la route que je prends le matin, les jardins dans lesquels je me promène certains dimanches, qui n'ont guère plus d'épaisseur à mes yeux qu'un décor de théâtre ou de studio. Je n'ai pas dépouillé tous ces virtuoses, j'ai créé le mythe d'Anna Song, donné corps à mon rêve et nourri celui de beaucoup d'autres. N'est-ce pas précisément ce qu'on demande à un artiste, qui doit nous entrouvrir les portes d'un monde où la banalité fleurit en vision, où la laideur se sublime en beauté, où les désillusions de l'existence se dorent au soleil de l'art et se muent en brumes légères comme un fil de soie ? Alors la réalité ne se fausse pas en mensonge : elle s'accomplit dans l'espace, étrange et merveilleux, de la fable. C'est en ce sens qu'Anna Song est et a toujours été *vraie*.

Oui, voilà l'argumentation que j'exposerai au juge s'il vient à me traiter en criminel tout juste bon à purger quelques années de prison. Mais peut-être ne procédera-t-il pas ainsi ; peut-être se montrera-t-il sympathique, compréhensif, curieux de savoir ce qui m'a poussé à agir comme je l'ai fait. Et qui sait, alors ? Je pourrais lui confier des pensées bien différentes. Lui avouer par exemple que l'histoire que je t'avais édifiée me semblait si belle qu'il ne m'était pas venu à l'idée qu'on pût se donner la peine d'en vérifier avec tant de soin les fondations. Tout simplement parce que j'aurais voulu qu'on l'écoute et qu'on l'aime comme j'écoutais et j'aimais toutes celles que tu me racontais – sans se poser de questions. Peut-être irai-je jusqu'à dévoiler au juge cette légende vietnamienne que tu tenais de ta grand-mère et que tu m'avais confiée, il y a si longtemps.

Celle, t'en souviens-tu, de ce pauvre pêcheur vivant dans un petit village, et qui désespérait de pouvoir se marier : l'existence qu'il menait était si étriquée, si misérable qu'il ne parvenait pas, malgré ses vertus, à trouver une femme prête à la partager. Des mois et des années durant, il attendit que quelqu'un voulût bien de lui. Il s'adressa à des entremetteuses et chercha dans tous les villages de la région. En vain. Il était résigné à vieillir seul lorsqu'il découvrit un beau jour, pris dans ses filets, le portrait d'une ravissante jeune femme tracé à l'encre de Chine sur un panneau de soie. Curieusement, l'eau de mer semblait n'avoir en rien altéré la délicatesse du dessin. Aussi le pêcheur prit-il la décision, au lieu de rejeter la toile dans les flots, de la rapporter chez lui et de la suspendre au mur. « Qui sait, peut-être est-ce là l'unique compagne que j'aurai jamais », songea-t-il avec tristesse.

De ce jour, son existence et son confort s'améliorèrent étrangement : il ne gagnait ni mieux, ni moins bien sa vie, mais il avait la surprise de retrouver, chaque fois qu'il revenait de la pêche, sa maison rangée et propre comme un sou neuf, et, l'attendant sur la table, un bol de riz encore fumant assorti de baguettes, d'un plat de poisson et d'une tasse de thé vert... Intrigué, il eut l'idée, un matin, de retourner chez lui quelques minutes à peine après son départ pour la mer. Courant sur le petit chemin qui menait à son humble logis, il jeta un coup d'œil à travers la fenêtre, et vit avec étonnement la jeune femme du portrait descendre de son cadre, et saisir un balai afin de nettoyer la pièce. Il fit aussitôt irruption dans la maison, arracha le tissu encore au mur, et supplia la demoiselle de rester avec lui. Elle le regarda quelques instants sans un mot, puis acquiesça, le regard baissé et les joues empourprées par l'émotion. Le soir venu, pendant que la nouvelle épouse vaquait à la préparation du repas, il dissimula la toile désormais immaculée dans un vieux coffre. Il le ferma à clef et enfila cette clef sur une chaîne qu'il glissa autour de son cou.

Des années d'aisance et de bonheur commencèrent. Tout ce que touchait la jeune femme semblait se transformer en or : elle cuisinait de délicieuses pâtisseries qu'ils vendaient à bon prix, et filait une soie si fine que les plus riches familles de la région exigeaient de leurs tailleurs qu'ils se fournissent exclusivement chez elle. Le couple agrandissait sa maison. Ils n'avaient pas d'enfants, mais n'en éprouvaient pas de peine car ils étaient tout l'un pour l'autre. Le temps passant, cependant, le mari vieillissait : son visage se ridait, son dos se courbait, ses tempes grisonnaient jusqu'à devenir blanches comme neige. Sa femme au contraire demeurait aussi belle, aussi fraîche que la première fois où il l'avait vue, irradiant une jeunesse qui semblait éternelle. Pour autant, elle continuait de lui témoigner la même tendresse, les mêmes soins attentifs qu'au premier jour, et veillait sur le moindre de ses désirs. La joie et la sérénité qui émanaient de leur ménage ne souffraient nullement de ce contraste qui allait en s'accentuant.

Lorsque le pêcheur, ayant atteint un âge avancé, finit par mourir, les larmes qui coulèrent sur les joues de son épouse n'entamèrent pas plus son éclat que le temps ne l'avait fait. Préparant son mari en vue de l'inhumation, elle découvrit la clef qu'il avait gardée autour du cou. Quelque temps plus tard, des voisins, inquiets de ne plus recevoir de nouvelles, frappèrent à la porte de la maison. N'obtenant aucune réponse et constatant qu'elle n'était pas fermée à clef, ils entrèrent et parcoururent les lieux sans trouver nulle part de trace de l'épouse. Il ne restait d'elle qu'un merveilleux portrait qu'ils n'avaient jamais vu jusque-là, et qui depuis le mur où il était accroché leur souriait comme elle leur avait toujours souri.

Petit, expliquerai-je au juge, j'aimais cette histoire parce que je comprenais le pêcheur, sa tristesse à devoir rester sans personne à ses côtés, son sentiment d'abandon. Je le comprenais également parce que tu tenais dans ma vie la même place que la fée du portrait pour lui – ta présence était le feu auquel je réchauffais mon âme, et tu me rendais la vie plus douce simplement en étant là. Alors le juge saura, et compatira.

Mais peut-être aussi ferai-je comme toi et garderai-je le silence car je considérerai qu'il n'y a rien de plus à dire. Je resterai vissé sur ma chaise, l'œil indifférent, tandis qu'il tâchera par tous les moyens de m'arracher un mot. Mais je ne lui répondrai rien, et surtout pas que j'aurais tellement aimé te revoir, et vivre avec toi tous ces événements que j'ai couchés sur le papier. Nos retrouvailles à l'enterrement de ma grand-mère. L'aveu, enfin, de ce que nous ressentions, de ce que nous avions toujours ressenti l'un pour l'autre. Notre première nuit ensemble – et toutes celles qui auraient suivi, car nous ne nous serions plus quittés. La guérison de ta dystonie. Notre installation dans un manoir où nous aurions été seuls au monde, protégés par une forêt de bouleaux... Je regrette jusqu'aux moments les plus durs, sais-tu, Anna – la fin de tes illusions, les concerts accueillis avec une froideur tout juste polie alors que tu avais lutté avec tant de courage pour pouvoir rejouer, le cancer, enfin, cette prolifération anarchique de cellules déréglées qui vous tuent sans qu'on sache exactement pourquoi, ni comment. Oui, j'aurais voulu que tout cela soit réel. Au moins, j'aurais été près de toi. Je t'aurais épaulée. Écoutée. Aimée.

Tu ne m'as pas laissé faire. Je me souviens de ces après-midi où je m'enfermais dans ma chambre pour penser à toi, tandis que les enceintes de ma chaîne diffusaient un des morceaux que tu m'avais offerts. Je m'interrogeais sur ton mutisme et l'irrégularité de tes derniers courriers, je me disais que tu m'oubliais et que, ma foi, tu avais bien raison : ta vie était tellement plus riche que celle que je menais... Tu avais raison, mais cela ne m'empêchait pas d'être profondément malheureux de ne plus rien recevoir de toi, à part quelques mots de loin en loin, vagues promesses de réunions sans cesse repoussées, accompagnées de protestations d'amitié toujours plus distantes, ou distraites, je ne sais.

C'est une lettre de tes parents qui m'a révélé ce qu'il en était. Alors que tu répétais *Ondine*, m'ont-ils raconté, deux de tes doigts s'étaient repliés dans un spasme incontrôlé. Tu n'y avais pas prêté attention, d'abord, tu t'étais juste dit que tu avais trop travaillé – ou alors pas assez. Tu croyais ce mal passager ; tu avais tort. Très vite, ta main est devenue plus rigide que du bois mort, la paralysie s'est même étendue à ton avant-bras, et tu t'es retrouvée dans l'incapacité de jouer la moindre phrase. Le moindre accord. Avec tes parents, vous avez couru les spécialistes les plus renommés. Aucun n'a su te dire de quoi tu souffrais. Moi-même je ne l'ai découvert que des années après, en faisant des recherches assidues sur ces symptômes que personne n'osait à l'époque avouer – mais bien sûr il était tard, beaucoup trop tard alors pour t'aider.

Tu as sombré dans la dépression et tes parents t'ont emmenée au Viêtnam en espérant que cela te changerait les idées – petite, tu projetais tant de songes sur ce pays qu'ils ont pensé que cela te rendrait heureuse de mettre enfin des images, des couleurs, des parfums sur les récits qu'ils t'en avaient faits et que tu m'avais transmis. Je ne sais pas ce qui s'est passé là-bas. Ni eux non plus. Ils n'auraient pas su dire, pour tout avouer, s'il s'était passé quelque chose. Tu semblais juste loin, m'a écrit ta mère. Loin de tout et de tous. Tu visitais ce qu'il y avait à visiter, suivant scrupuleusement l'itinéraire prévu, et passais d'un paysage à un monument, d'un oncle à un cousin, avec sur le visage le même masque d'indifférence souriante. Tu n'as émis qu'un souhait : qu'on te montre l'emplacement où s'était autrefois élevée la maison au ginkgo. On t'a menée devant un bâtiment flambant neuf, arborant le drapeau communiste. Le terrain avait été confisqué et les ruines de la maison recouvertes d'une chape de ciment qui supportait à présent la nouvelle salle de réunion de l'antenne locale du parti. Tu n'as fait aucun commentaire à cette vue, posant sur les murs blancs un regard parfaitement inexpressif, avant de détourner les yeux et de t'en aller.

Tu t'es jetée du dernier étage de votre maison californienne un mois après votre retour. Chaque matin depuis que vous étiez revenus chez vous, tu te levais et allais droit vers le piano pour voir si la capacité de jouer ne t'avait pas été rendue pendant la nuit. Si le mal n'avait pas disparu comme il était apparu, sans raison particulière. Tes parents s'inquiétaient pour toi, ils n'en dormaient plus, et guettaient ton pas dans l'escalier qui menait jusqu'au salon où était installé le Bösendorfer. Tu t'asseyais face au clavier pour entamer un morceau, n'importe lequel, une fugue de Bach, la *Rêverie* de Debussy, un nocturne de Chopin. Le résultat était toujours le même : un naufrage où surnageaient, ici et là, quelques éclats témoignant de tes dons évanouis.

Ce jour-là, tes parents ne t'ont entendue ni descendre l'escalier, ni prendre place devant ton instrument. Ta mère en a été secrètement soulagée : elle s'est dit que, peut-être, tu étais prête à passer à autre chose. Tu ne serais pas la virtuose dont tu avais rêvé, et dont elle avait rêvé, mais ce n'était pas grave : tu étais jeune, belle, intelligente, tu avais l'avenir devant toi. Et puis tu n'en étais sans doute plus consciente, depuis ce lieu inaccessible où tu te trouvais depuis que tu avais cessé de jouer, mais tu m'avais, moi. Moi qui t'attendais en me rongeant les sangs, surveillant chaque matin l'arrivée du facteur, me demandant les raisons du silence obstiné que tu conservais alors que je t'envoyais missive sur missive. Je désespérais d'obtenir une réponse de toi et parfois je répétais ton adresse, tout bas, comme s'il s'agissait d'un mantra : *Anna Thi, 3131 Arlington Avenue, Riverside, CA 92506, USA*. Je sais aujourd'hui qu'aucune de mes lettres ne t'arrivera plus, mais à défaut j'espère que la dernière fable que j'ai tenté d'ériger pour toi survivra.

C'est dans la maison de ma grand-mère que j'ai rédigé l'histoire que j'aurais tant aimé partager avec toi, sais-tu, Anna. J'avais commencé à l'écrire il y a huit mois, mais cela fait bien plus longtemps que je pense à toi et à ce jour où, contrairement à ton habitude, tu n'es pas allée t'installer au piano. Ta mère avait à la fois raison et tort de croire que tu étais prête à tourner la page. Tu avais effectivement renoncé à te torturer quotidiennement avec ces touches noires et blanches sur lesquelles tu glissais et trébuchais dans une suite de couacs qui brisaient le cœur de tes parents, et qui te brisaient, toi aussi, même si tu n'en disais rien. Ton renoncement était seulement plus radical que ce que ta mère avait imaginé. Ce matin-là, tu as ouvert la fenêtre de ta chambre pour respirer l'air du dehors, sa douceur, les poussières couleur de miel qui flottaient dans l'atmosphère, tu as regardé le ciel immense et bleu comme une mer, le ciel illuminé par le soleil, moiré par les rayons du jour. Il faisait beau, comme toujours dans cette ville proche du désert où vous résidiez depuis bientôt six ans – six ans, un océan et un continent entre nous, Anna, mais je ne t'oubliais pas, et je ne t'aurais jamais laissée faire ça, si j'avais su, si tu avais laissé échapper un signe, un seul, de désarroi, un simple appel et j'aurais traversé l'océan comme ta grand-mère et ton père autrefois, en avion, en bateau, à la nage s'il l'avait fallu, je serais parvenu jusqu'à toi et je t'aurais retenue, et je t'aurais sauvée, mais tu n'as rien dit, ni à moi, ni à tes parents, tu as choisi de te taire et tout s'est arrêté là.

# Précisions et Remerciements

Ce roman est pour partie inspiré d'une affaire réelle, celle de la pianiste Joyce Hatto. Plusieurs des coupures de presse (fictives) qui rythment le texte (tout aussi fictif) sont ponctuées de clins d'œil à celles véritablement suscitées par ce scandale qui a éclaté en 2007 : "After Recording 119 CDs, A Hidden Jewel Comes to Light", Richard Dyer, *The Boston Globe*, 21 août 2005 ; "Joyce Hatto", Ates Orga, sur le site MusicWeb International, janvier 2006 ; "Joyce Hatto, at 77 ; Pianist Was Prolific Recording Artist", Richard Dyer, *The Boston Globe*, 4 juillet 2006 ; "Joyce Hatto, English Pianist, Dies Aged 77", Bryce Morrison, *Gramophone*, 5 juillet 2006 ; "Brilliant Pianist whose Career Was Cut Short by Cancer which Struck in The 1970s", Jeremy Nicholas, *The Guardian*, 10 juillet 2006 ; "Joyce Hatto", *The Telegraph*, 28 juillet 2006 ; "Joyce Hatto (1928-2006)", Ates Orga, sur le site MusicWeb International, juillet 2006 ; "Masterpieces or Fakes ? The Joyce Hatto Scandal", James

Inverne, *Gramophone*, 15 février 2007 ; "À Pianist's Recordings Draw Praise, but Were They All Hers ?", Alan Riding, *The New York Times*, 17 février 2007 ; "My Wife's Virtuoso Recordings Are Genuine", Martin Beckford, *The Telegraph*, 20 février 2007 ; "Revenge of The Fraudster Pianist", *The Daily Mail*, 24 février 2007 ; "Will The Real Joyce Hatto Please Stand up !", David Hurwitz, sur le site ClassicsToday ; "Notes on A Scandal", Jessica Duchen, *The Independent*, 26 février 2007 ; "'I Did It for My Wife', Joyce Hatto Exclusive, William Barrington-Coupe Confesses", James Inverne, *Gramophone*, 26 février 2007 ; "The Hatto Affair : I Did It for My Wife", David Hurwitz, sur le site ClassicsToday ; « Une pilleuse au piano », Edouard Launet, *Libération*, 27 février 2007 ; « La supercherie dévoilée d'une pianiste britannique », Renaud Machard, *Le Monde*, 28 février 2007 ; "Haro sur Hatto", Hugo Papbst, sur le site Classiquenews, édito du 1er mars 2007 ; « Gloire et déchéance de Joyce Hatto », Christopher Huss, *Le Devoir*, 3 et 4 mars 2007 ; "Joyce Hatto : The Great Piano Swindle", Rod Williams, *Intelligent Life Magazine*, septembre 2007. Voir également le site d'Andrew Rose analysant les faux de Joyce Hatto : http ://www.pristineclassical.com/HattoHoax.html

Je voudrais remercier mon mari Alexandre pour son constant soutien lors de l'écriture de ce roman, qui n'aurait jamais vu le jour sans lui ; Bertrand Py, Myriam Anderson et Bernard Quiriny pour leur lecture et leurs conseils attentifs ; mon père, qui a veillé à ce que je ne prenne pas trop de libertés avec l'histoire du Viêtnam ; Karol Beffa pour les informations qu'il m'a fournies sur le monde musical, ainsi que son disque *Masques*, qui aura accompagné la composition des dernières pages de *La Double Vie d'Anna Song*.

9696

*Composition*
NORD COMPO

*Achevé d'imprimer en Espagne*
*par* BLACK PRINT CPI IBERICA
*le 5 septembre 2011.*

Dépôt légal *septembre 2011.*

EAN 9782290027202

ÉDITIONS J'AI LU
87, quai Panhard-et-Levassor, 75013 Paris

*Diffusion France et étranger : Flammarion*